山の帰り道

沢野ひとし

角川文庫
22741

まえがき

自宅から一番近い山は丹沢山塊《たんざわさんかい》である。平日に気が向くとぶらりと大山《おおやま》の麓をハイキング気分で歩く。

樹林の葉が落ちた冬は野鳥観察に適している。首から小さな双眼鏡をさげ野鳥のさえずりを楽しんでいる。シジュウカラ、カワラヒワ、モズ、ジョウビタキ、メジロ、ヒヨドリと身近な鳥を双眼鏡で覗き、鳥の表情を見ているだけで気持ちが和む。

低山の場合は頂上付近よりも、この麓にこそあなどれない山の魅力が詰まっている。山を歩いていると思わぬ動物と出会うことがある。とりわけ川や滝の近くには野鳥や小動物が集まってくる。カモシカ、イノシシ、リス、サル、タヌキ、キツネ、そして遠くから見たクマと、耳を澄ませ注意して立ち止まると、動物の気配を感じる時がある。いや逆かもしれない。山はもともと動物の世界、動物の暮らす場所である。人間は「すいませんね。おじゃまします」ともっと謙虚になるべきだ。低山の魅力はこの動植物の暮らしをそっと見られるところにある。したがって登山路を離れ、ヤブの中に入らないのもルールである。

大山から日本三大薬師の一つ、日向《ひなた》薬師へのコースがある。ブナの大木に野鳥が群がっている。下山の時は余裕ができるので、神社やお寺の境内に入り、お参りをして帰る。そんな時にふいに、キツネが服を着て隠れているのでは、と振り返る。もしかしたら本当に神社の裏の林にはキツネの家があるかもしれない。

山の帰りは時々振り返ることも大切である。

山の帰り道　目次

山のスケッチ帖

街から山へ

峠のカレー

少年時代から山登りだけは飽きることなく続けてきた。自然の風景や音楽など、十代の時に出会って魅せられたものはいくら歳をとっても色褪せることはない。以来、北は利尻岳《りしりだけ》、羅臼峠《らうすとうげ》、大雪山《たいせつざん》、南は屋久島《やくしま》の宮之浦《みやのうら》岳と、それこそ日本のおもだった山の頂上に立ってきた。ある登山家が「すべての頂きには安らぎがある」と書いていたように、山登りは結局のところ頂上に立たなくては、達成感や心の底からわきあがる感激は得られない。

「山高きをもって尊しとせず」という言葉があるが、あまり低山では頂上からの展望もひろがらない。やはりある程度の高さも必要である。また山には遭難がつきものだが、危険だといって岩登りや冬山を経験しなくては山の魅力も半減してしまう。

テントを背に峰から峰へと歩く縦走は気の合った山仲間と一緒だと楽しさが倍増する。力のある者が荷をたくさんしょって、仲間をかばいながら山を登るのはいいものだ。山登りは競走ではない。テントを立てて、星を見ながら友達と食事を作る。その

時の一杯がまた次の山行の夢へとつながる。

一人で歩く山も思い出に残る。人影の少ない平日に奥多摩《おくたま》の山を歩いていると、山にも品格があるものだとしみじみ思う。本を開き、山の歴史を知ると、同じ山でも何度も行ってみたくなる。

登山家であり文学者でもある深田《ふかだ》久弥《きゅうや》は、あまたある日本の山を「この山だけは登らなくてなんの山登りだ」と百に絞って「日本百名山」という美しい随筆を書きあげた。実際にそれぞれの山の頂上に立っているだけに、文章に説得力があり、何よりも山を愛おしむ思いにあふれている。最近の中高年の登山ブームの中、「日本百名山」にあこがれて全国の山を登っている人も多い。

今までどのくらい百名山を登ったのだろうとためしに数えてみたら、五十%の半分もない。穂《ほ》高《たか》周辺の山、八ヶ《やつが》岳《たけ》、谷川岳《たにがわだけ》、富《ふ》士《じ》山《さん》など気に入った山に何度も登る傾向があるので、百名山の頂上すべてにきちんと立とうとすると、かなりの覚悟がいる。

とくに百名山踏破をめざしているわけではないから、アプローチが遠い南アルプスの山がどうしても残ってしまう。仙丈ヶ岳《せんじょうがだけ》や北岳《きただけ》には登っても、南部の塩見《しおみ》岳《だけ》、赤石《あかいし》岳《だけ》、聖岳《ひじりだけ》、光岳《てかりだけ》といった三千メートルクラスの山にはなかなか足が向かない。交通の便が悪い、山小屋が整備されていないこれらは、つまりそれだけ山の懐が深い。

塩見岳に登るには、東京から車で行くと登山基地の鹿塩《かしお》温泉に前夜泊まることになる。その名のとおり塩に起源のある温泉で、口にすると塩辛い。いかにも「日本秘湯を守る会推薦」といった湯である。もっとも、平成に改装された湯元山塩館の建物は洗練され、ロビーも明るい雰囲気である。

山麓一帯には大塩、小塩、塩原といった名の村落がある。かつてこの山で食塩の製造がおこなわれていた名残だろう。つくられた塩は三伏峠《さんぷくとうげ》を越えて甲州まで運んだという。まるでチベットからネパールに向かうような交易路が昔からあったのだ。

ひと昔前まで、南アルプスの登山は素人には無理だと言われてきた。だが、赤石山脈縦走の中継点となる三伏峠小屋ができてからは、塩見岳に登る人がぐっと増えた。鳥倉林道《とりくらりんどう》がのびたことにより、アプローチが楽になったことも大きい。

山深い林道を車で走ると、もしかしたら道が壊れていないかと不安になってくる。この鳥倉林道も急カーブの連続で、対向車が来てもすれちがうことができない。ガードレールのない急坂でハンドルを握るのは山を歩くよりも緊張する。一時間弱でゲートがあり、広い駐車場とトイレにぶつかる。ここに車を置き、さらに林道を四十分ほど歩くと登山口に着く。ザックをもう一度整理して、登山道を歩きはじめる。三時間登ってようやく三伏峠小屋に到着となる。

三伏峠は日本一高い峠で二五八〇メートルもある。シラビソやツガなどの鬱蒼とした樹林に囲まれ、あたりの展望は開けない。南アルプス特有の深い樹林はこの標高でもまだ森林限界を越えていないのだ。

山登りは自分の体を頂上まで持ち上げるなんとも原始的なスポーツである。最初の三十分から一時間がことにつらい。このところ膝が悪くなったせいで一歩足を上げるたびに体がよろけるありさまである。禁煙すると太ると言われるとおり、タバコをやめてから食べ物が美味しく、前は懐石料理のようなもので酒を飲むのが好きだったのに、ここにきて急に肉を食べたくなった。都内の有名トンカツ屋や焼き肉屋に毎週のように通っている。

そのぶんお腹がぷっくらとふくらんだ。

「足が重いなあ」三十分も登らないうちに音をあげ、太い倒木にどっしり腰をおろして水をひと口ふくむ。

「だいじょうぶ？」やけに足どりの軽い妻は笑っている。

実はこの三伏峠で六月から九月いっぱいまで息子が働いており、これから冷やかしに行くのだ。山の中なので携帯はつながらないが、メールは送受信でき、妻とは時々やりとりをしているらしい。

「来る前に代官山《だいかんやま》のげん田《た》でトンカツを食べすぎた。ここのロースカツ二百グラムがうまいんだ。千九百円」

「バカねえー」

「本当にここのトンカツを食べたら、ほかでは食べられない美味しさなんだよ」

「だから太ったのね」

口を動かしていては一歩も前に進まない。吹き出す汗をぬぐい、もつれる足を引きずってカタツムリのごとくゆっくり登っていく。とりあえず一時間をこせば体が山の空気に慣れてくるはずだ。

ポツポツと小雨が降ってきたが、雨具をかぶるほどではない。

「台風が来ないといいけど」大型の台風が沖縄に上陸したせいか、生温かい風が山にも吹いている。

「半分まで来たわよ」先行する妻が木にぶらさがったプレートを指さす。「三伏峠小屋まで5／10」と記してある。

今にも足場が崩れそうな沢の岩壁帯を越え、水場で喉を潤し、しばらく進むうちに塩川からの登山道と合流した。地図によると、ここから三十分で小屋に着くはずだ。妻は息子に一時でも早く会いたいのか、カモシカのごとく急登を駆け上がっていく。

「トンカツの食いすぎか」9／10という最後の標識を見ながら、ぐったり休んでいると、息子が不意に現れた。

「お父さん遅いね」そう言って私のザックをかついで、息子はそのまま歩きだす。

「助かるよ。お母さんは強いなあ」

久しぶりに会う息子の体は引き締まり、山の空気に長いこと触れているせいか、顔つきも穏やかだった。

「山小屋の仕事はきついか」

「まあね。でも大変なのは朝三時に起きて食事の準備をするくらいかな」

三伏峠小屋は予想していた以上に清潔で明るかった。トイレも雨水を使った水洗式である。

小雨が降り、周囲の視界はまったく開けない。

「塩見岳の往復の客がほとんどで、中高年の登山者が多い」

息子は小屋から十分ほど登った三伏山に案内してくれたが、塩見岳は見えなかった。

小屋は料理人のチーフ以下四人が働いており、客のいなくなった日中はのんびり昼寝ができるそうだ。

息子は犬のことをしきりに訊いてきた。

「昔は山に犬を連れてこられたのに、このごろは生態系が壊れるからダメなんだって。つまんないね」

「お腹がすいたけどお昼は」

「この山小屋の名物はカツカレーだよ」

そう言って息子はうれしそうに笑っていた。

真鶴半島へ

真鶴《まなづる》半島に足をのばすのは何年ぶりだろう。高校時代に水中メガネと足ヒレを買い、うれしくて友達と一緒に海の中をずっと覗いていた。車の免許を取りたての頃、レンタカーでドキドキしながらドライブした。娘がヨチヨチ歩きの頃に初めて連れてきた海も真鶴であった。塩辛い海の水に、娘はいつまでも泣きべそをかいていた。

真冬でも暖かいため、野鳥観察に双眼鏡を首からさげて半島をぐるりとまわったこともある。そういえば、サボテンランドの隣りにある、曲線の建物が美しい真鶴町立中川一政《なかがわかずまさ》美術館に取材で行ったこともある。琴ケ浜《ことがはま》でキャンプをしたことも思い出す。

真鶴半島は熱海《あたみ》の手前の小さな半島である。相模湾《さがみわん》にチョコンと突き出す三キロほどの出っぱりであるが、森と磯がおりなす自然が見事なほど残されている。クスノキ、クロマツなどの巨木が繁り、半島とは思えない深い森が断崖まで続く。この森を地元の人は魚付林と呼んで大切にし、大型ホテルなどの開発をさせなかった。

真鶴町は八つの「美の原則」とそれに基づく「美の基準」という条例を掲げ、景観

を保護している。森を守り海の幸が豊富な半島は、定置網漁業がさかんで、魚屋が何軒も店を連ね、観光客にも人気が高い。

友達が案内してくれた別荘（?）は、昔は旅館の離れだった部屋である。二軒続きの部屋の窓からは鬱蒼とした森がひろがり、水平線の奥に大島《おおしま》と利島がうっすらと見える。友人はアウトドア遊びの好きな仲間をつのり、七、八人の共同で家を借りているのだ。何年か前までは旅館として営業していただけに、座椅子や風呂場が妙にあやしげな和風造りであった。

この別荘を借りているヒゲをたくわえた三島悟《みしまさとる》は「なかなか来られなくてねえ」とタバコに火を点け、部屋のあちらこちらを眺めていた。彼は山と溪谷社を六年前に早期退職して、現在は東村山の駅の近くでカレー屋をやっている。「真鶴は東京に近くてよいところだよね」と主人と遊び仲間の敷島悦朗《しきしまえつろう》もタバコをくわえた。「地ダコの安さには感激したよ」もう一人もやはりタバコをトントンとたたいた。五十歳をこえてもみんな元気にタバコを吸っている。

五人の山仲間が一年ぶりに集合した。明日は車で三十分ほど走った湯河原《ゆがわら》の幕岩《まくいわ》で久しぶりにロッククライミングをするのだ。

窓を開けるとシジュウカラやヤマガラなどのさえずりがしきりに聞こえる。それに

しても山人間はどうしてこんなに段取りがいいのかとつくづく感心してしまう。

部屋に入るなり、何の打ち合わせもしていないのに、一人は夕食の総菜を入れていたスーパーのレジ袋をダンボールにくくりつけ、それをゴミ箱にし、掃除機を手に部屋の中をぐるぐるしはじめた。もう一人は風呂場をみがき、湯を入れている。さらに別の一人は台所で鮮度のいいホウボウの刺身と鍋料理の準備をしている。まったく無駄のない動きには感嘆するしかない。

山登りは、山を歩いている以外は、何か食べているか、ザックの中を片づけているかのどちらかである。テント生活となれば、シュラフで寝ている以外は整理整頓の連続である。

「この家を借りて七、八年たつけど、ここは魚が美味しいからねえ」と三島悟と私はすでに缶ビールを終え、日本酒をチビチビ飲んでいた。

「明日の岩登りの帰りは相模湾が一望できる、海上三十メートルの温泉プールにつかりましょう」主人は眼を細めて笑っている。

彼とは雑誌の仕事とはいえ、二十年近く、毎月のように山を歩いてきた。大雪山、羅臼岳、八甲田《はっこうだ》山《さん》、朝日《あさひ》岳《だけ》や飯豊《いいで》山《さん》のテントをかついでの縦走などと、どの山行も思い出が多く、実りのあるものだった。最後の大きな山行は息子も一緒についてきた屋久島の宮之浦岳であった。テントから覗いた満天の星に、まるで自分が宇宙のかなたにいるような錯覚におちいったものだ。

山登りで苦しいのは歩きだしてからの二時間である。登りに慣れていない体が悲鳴をあげる。全身から汗が噴き出し、あたりの風景を眺める余裕などない。だがしだいに山の空気に体が慣れてくる。遠くの山容を見ながら水筒の水をゴクリと飲むと元気が盛り返し、気持ちがすーっと楽になってくる。都会でのしがらみが汗とともに流れていくのか、頭の中がカラッポになり、解放感に包まれる。尾根道に立つと、広々とした何ひとつ遮るもののない空間に喜びを感じる。

その夜の宴会はホウボウの刺身に「これはいけます」と全員うなり、鍋を囲み、焼いたサザエの殻に「あちち」と言いながら、にぎやかに更けていった。

翌日は六時に起床し、すぐさま岩場への身支度を始める。鳶職に就いた息子も登攀《とうはん》道具やロープをザックに押し込み、早朝に車で町田《まちだ》のアパートから現地にやってくる。湯河原の幕山は六百メートルほどの低い山だが、頂上からは相模湾が見下ろせ、晴れた日には伊豆《いず》七島が望める。手軽に楽しめるハイキング・コースである。その中腹に屏風状の岩が続いており、休日はロッククライマーが押し寄せる。寒い冬の季節は、幕岩、城山《しろやま》、城ヶ崎《じょうがさき》など暖かい伊豆の岩場が人気を集めるのだ。このところ毎週のように山岳会の仲間と岩場に行っている息子も、冬はほとんど伊豆のどこかの岩にぶらさがっている。

ミカン畑を抜けて幕岩の駐車場に着くと、平日なのに大型バスが次々と到着し、広場には店が並んでいた。ちょうど梅が満開のシーズンで、観光客や幕山の頂上をめざすハイカーと、意外な人出に驚く。

息子の携帯電話に連絡を入れると、平日なのに予想に反して道が混んでおり、まだ東名高速道路に乗れないという。

待っている間に、我々も頂上までハイキングに出かけることにした。幕山のハイキング・コースの途中にいくつか岩塔がそびえているが、どれもむずかしそうである。息子との待ち合わせの岩場は茅ケ崎《ちがさき》ロックと言われる岩塔群の場所だ。

梅林を過ぎると一本の登山道がジグザグしながら見えている。「一時間もあれば頂上に」などと甘く考えていたら、体がふらふらになり、やっと草原状の広々とした山頂に着いた。どっかりと重い雲が動かず、陽がささないので薄いダウンをはおる。目の前に箱根《はこね》外輪山《がいりんざん》の山々が連なり、相模湾が白く輝いている。

五人組のおじさんたちは「幕山もあなどれないねえ」としきりに足をさすり、「ほらほら真鶴半島が海に突き出し、初島《はつしま》が見える」「別荘はあそこだ」と指さした。「あのでかいビルの屋上に温泉プールがあるんだ」ヒゲの男は温泉施設のすばらしさをもう一度力説している。

ガスのバーナーに点火し、コーヒーを沸かす。山で飲むコーヒーは一番ありがたい。岩場での集合時間が近づいてきたので下山するが、下りはまさにあっという間に岩場に着いてしまった。

クライミングの初心者講習会がおこなわれるやさしい岩場にロープを張って体をならしていると、やけに大きな青いザックを背にした息子が林の中からぬっと顔を出した。「お久しぶりです」と何度かロープを結んだ仲間に照れ笑いをうかべ挨拶をする。

息子は隣りのオーバーハングした岩場に登るため、敷島クライマーに確保をしてもらい、身軽に岩にとりついた。右に左に体を振ってもむずかしそうなルートで、しばらく岩に体をあずけて休んだあと、小さな岩のくぼみにフリクションをきかせ、ついに登りきった。

「このルートはいつも人気があって、なかなか登れなかったんだ」

ロープにぶらさがり、懸垂下降をしながら息子はうれしそうに言う。三島の舎弟のような内藤《ないとう》久義《ひさよし》は最初からあきらめ顔で「ここは手が出ない」と登ろうともしなかった。

カンナで削ったようなツルツルの岩に小さなくぼみを見つけ、人工の道具を一切つかわず、手と足だけで登るのだが、息子の体のひねり方はクライマーの模範演技のように美しかった。

「お父さんも登ってみる？」息をはずませながら、ロープの末端をのばしてくる。

「一番やさしいところならね」「しょうがないなあ」

初めて息子を岩登りに連れていったのは小学四年生の奥多摩である。その彼はいま三十歳になろうとしている。岩場でのしなやかな動きを他人のように眺めていた。

丹沢山塊

本格的な冬型の気圧配置が続くと、都内より二、三度気温が低い町田では雪がちらつきはじめる。夜の間にうっすら積もることも多い。雪の降った翌朝は、空気がピーンと張りつめ、あたりの景色がやけに間近に見える。そんな朝は足もとを固めダウンジャケットを着て犬と一緒に近くの小高い丘、七国山《ななくにやま》へ散歩に出かける。とりわけピ
真っ白に雪をかぶった丹沢山塊はまるで谷川岳のごとく立派に見える。たかだか千五、
ラミッド形の大山は堂々と厳かに裾野をひろげ、どっかり座っている。
六百メートルの丹沢の山並みも雪をかぶると凛と変貌する。

町田のはずれにある七国山は標高一二八メートルと極めて低い山だが、あたりにはまだ里山の雰囲気が残され、雑木林も多い。山頂ははっきりわからないが、マリーゴールド畑の見晴台のベンチのあたりだろう。遠く新宿副都心も望める高台である。当然だがこれまで一番多く私が登った山になる。

丹沢の雪山を見つめながら座っていると、一昨年の冬に癌で亡くなった兄のことが

しきりに思いおこされてくる。すでに父、母、長兄が遠くに旅立ってしまったが、この兄のようにくりかえし思い返すことはない。兄とは幼い頃から行動をともにし、何度も一緒に山を登った。それだけ濃密な時間を過ごしていたのだ。

兄に連れられて初めて丹沢の山に登ったのは中学三年の時であった。夜から歩きだす、いわゆるカモシカ山行である。汗だくで登っている間はなんともなかったが、一度休憩をとると眠くて仕方がなくなった。大倉《おおくら》から塔《とう》ノ岳《たけ》、丹沢山を越え蛭ヶ《ひるが》岳《だけ》を通過して青根《あおね》に下山する主脈縦走で、大学生の兄はバスケットシューズで来た私を気遣って、何度も立ち止まり「ついてこられるか」と訊ねた。高校時代に山岳部にいた兄の足どりはしっかりしており、ハンチングと使い込んだ山靴にザック姿が板についていた。

丹沢の縦走路からは相模湾が光ってひろがり、振り返ると富士山が眼の前にどっしり仁王立ちで構えている。

八丁坂《はっちょうざか》ノ頭《あたま》に来るとさすがに疲れが出て、膝がガクガクしだした。「あと一時間も下るとバス停に着くから、そこまで頑張ろう」そう言って兄はミカンを分けてくれた。神社の境内が見えると、「これで終わり、ごくろうさん。到着」と笑った。前に同じコースを歩いており、私がここまで来られることをきちんと計算していたのだ。兄は何事にも慎重で、きっちり計画を立てて行動するところがあった。

兄と丹沢に登ったのはかれこれ五十年も前のことなのに、私にとって初めての本格的な登山だったこの時のことが、はっきりと脳裏に焼きついている。ブナ林の山道や遠くに見えた南アルプスの峰々も懐かしく思い出す。

丹沢は町田から近いこともあって、思いたつと一人でよく出かけていた。千メートル前後の低山の魅力はくりかえし登れるところにある。仲間がいなくても気が向いた時にふらりと行ける。

とりあえず電車に乗って小田急線の秦野《はだの》駅に降り立ったのはいいが、登る山をきめていないこともあった。年に何回かそんなことがある。だが丹沢はほとんどの山頂に立っているので、それほど心配はしていない。登山道標も整備されているので、一人で気ままに歩くのにぴったりである。朝家を出て昼に頂上でお弁当を食べられる気軽さがよい。

関東ふれあいの道が大山をぐるりとまたいでおり、秦野駅から大山を越えて、七沢《ななさわ》温泉までなだらかな道が続く。見晴らしもよく、何度歩いても飽きることはない。

七沢温泉の近くに岩登りの練習にぴったりのゲレンデがある。通称広沢寺《こうたくじ》の岩場と呼んでいるが、ここにもずいぶんと通った。小さな岩場だが、岩にさわり体を動かしているとあっという間に夕方になってしまう。

山に行く時は車ではなく電車とバスである。帰りの駅前での一杯が疲れた体にしみ

わたる。

　十年ほど前に畦ケ《あぜが》丸《まる》に登った帰りの酒盛りはすごかった。松田《まつだ》駅の食堂で午後二時から四時間もえんえんと宴会が続いた。大蔵喜福《おおくらよしとみ》や三島悟を中心に人数も七、八人と多かったが、テーブルの上に並んだビール瓶と徳利の数に店の人もあきれていた。同行した息子はまだ高校生でずっと下を向いてサイダーを飲んでいた。あの頃はいくら飲んでも体が元気なためか、すぐに抜けてしまい、朝まで酒が残ることはなかった。

　酒といえば、兄が亡くなる十年ほど前からアルコール依存症に近い状態であったと知り、愕然とした。五十を過ぎて家族と離れ、一人マンション暮らしをしていた。朝からウィスキーを飲み、毎日ボトル一本をあけていたという。なぜ酒に溺れるようになったのかは詳しく知らない。大学の経済学部の教授をしていた兄は、学術論文がいっこうに進まず、毎日鬱屈し、しだいに酒に逃げるようになったのだとも聞いた。

　ものかきの中では、作家や画家も酒に逃げる人が多い。あるいは、睡眠薬を使わないと眠れない人も知っている。小説を書いたり、新しい論文を組み立てたりすることは、はたで見ているより根気がいり、つらい仕事なのだろう。それにしても若い頃はコップ一杯のビールで顔を赤くしてすぐ横になっていた兄が、朝から浴びるように酒を口にしていたとは……。

　丹沢は山岳宗教の興隆により、昔から山伏の修験道場になっていた。大山のほか日向薬師などに殿堂が建てられている。確かに仏教にちなんだ山名が多い。仏果山《ぶっかさん》、菩《ぼ》提峠《だいとうげ》、行者岳《ぎょうじゃだけ》、塔ノ岳、不動《ふどう》ノ峰《みね》、権現山《ごんげんやま》と、うなずける名前である。

　そして丹沢が他の山と大きく異なるのは渓谷が深く、滝の近くを登るようなロープを使用する高度なコースがいくつもあることだ。沢登りは滑落事故が多いので、入門コースだからといって油断して初心者だけで入谷すると遭難事故が待っている。履物はワラジが最適で、水無川《みずなしがわ》、源次郎沢《げんじろうさわ》、勘七《かんしち》ノ沢《さわ》と、沢登りの得意な友に引っぱり上げられながら十本近く登ってきた。

冬でも軽量アイゼンを持って丹沢に向かうことがある。小さな魔法瓶に湯を入れ、ストックを手に家を出る。横浜《よこはま》線で橋本《はしもと》に出てあとはバス。一時間半もあれば登山口に着く。

つい最近も焼山《やけやま》から蛭ヶ岳のコースを歩いてみようと、ふらりと出かけた。馴れた山とはいえ、地図とコンパスとヘッドランプだけは忘れずチェックする。

この登山路は東海自然歩道になっていて歩きやすいが、焼山までの二時間はつらい登りが待っている。歩きはじめてすぐに「こんなはずでは」とバテてしまった。陽あたりのよいところは雪が溶けており、ぬかるんでいる。冬の平日なので人影はなく登山者と出会うこともない。それにしても足が上がらない。ゼイゼイと喘ぎながらちっとも前進しない。冬の間ストーブの前で毎晩のように酒を飲み怠惰な生活を送っていたツケがモロにきたようだ。冷たい風がほてった体に心地よいが、低山とバカにした一〇六〇メートルの焼山がニクイ。山登りはどんなに低い山でも頂上に立たなくては意味がない。ともかく一歩一歩足を上げるしかない。

「まいったなあ」体力の消耗が激しく、膝もガクガクと震えている。やっとのことで焼山の頂上に着いた。展望塔にヘナヘナとのぼり、ぐったりと腰を下ろすと、目的の蛭ヶ岳がおいでおいでと手を振っているが、今回はあきらめることにした。せめて黍《きび》殻山《がらやま》までと必死の一時間をたたかい、八丁坂ノ頭で断念した。

そして、五十年前兄と一緒に歩いた青根までの下山路を進む。谷にさしかかると陽が陰りぐっと冷え込んでくる。これでいいのだ。一人だし、無理をして山から転落してもと、へんに気が弱くなっていた。下山は速い。あれだけじたばたした高度をどんどん下る。一時間もすると青根のバス停に着いてしまった。

兄は病院で、「また山の青い空が見たいな」とつぶやくように言っていたが、この日の空は抜けるように青く透明であった。山の魅力は山頂だけにあるのではない。と言い訳じみたことを胸の中でひとりごちる。

南アルプス南部の山

「今度の台風で山道がズタズタに寸断されたので、お父さんの体力では小屋まで上がってこれないかもしれない。僕もしばらく登山道の補修工事か、もしかしたら別の山小屋に移るかも」

南アルプスの南部茶臼小屋で息子は夏の二ヵ月間働いている。三千メートルをこす聖岳や光岳への登山基地として、なくてはならない小屋だ。大井《おおい》川《がわ》の源流に位置する南アルプスの南部の山は、ひと昔前はアプローチも悪く小屋も少なく、テントを背にした本格的な登山者しか受け入れない奥深い山であった。

だが最近は中高年登山や「日本百名山登山」ブームのせいか、公共交通や山小屋が整備されて入山しやすくなった。もっとも、連続して七〜八時間は歩きつづけられる体力がないと、とうてい頂上に立つことはできない。八ケ岳や奥秩父《おくちちぶ》の山とくらべて山のスケールが際立って大きいのだ。森林限界がどこまでも続き、鬱蒼とした森の湿気と重たい空気に苦しめられる。こういった視界をさえぎられた山は、登山者の思考を停止させる。頂上や稜線にしても、北アルプスのような岩壁が切れ落ちた荒々しさはなく、のっぺりだらりと広い。つまり南アルプス南部は「通好み」の山なのだ。

息子は、二年前は塩見岳の下の三伏峠でやはり三カ月働いていた。南アルプスの南部の入口と出口の山小屋で働くことによって南部の山を自由に使えることになる。山小屋で一度働いた者は、だいたいそれ以後は「居候」と呼ばれ、小屋に自由に泊まれる仕組みになっている。手があいた時は小屋の仕事を手伝うことにより、食事もただである。さらに別の山小屋の主人と顔なじみになることによって、その「居候システム」はじわじわと拡大していく。現に息子は三伏峠で働いてからは、長い休みがとれると南アルプス南部に何度も出かけるようになり、親しくなった静岡の友人と冬でも巨大なザックを背に十日ほど入っていた。

息子に山のすばらしさを教えたのは親の私であるが、息子がハッキリ山に目覚めたのは五年前の冬に穂高で消息を絶った山岳写真家岡田昇《おかだのぼる》の捜索に参加してからかもしれない。川の中に遺品となるカメラを発見してから、息子は何かに引き寄せられるように山登りに力を入れはじめた。

五月の穂高岳はまだ真っ白に雪が残り、蒲田《がまた》川《がわ》の水は冷たかった。川の中でにぶく光るカメラが息子の琴線に触れたのだろうか。そして岩登りを中心にした山岳会に入ってからは、ほとんど毎週のように飽きることなく山に通い、大蔵喜福に誘われアラスカのマッキンレーにも登ってきた。

鳶職をしていることもあって、ロッククライミングが得意だが、長い山道をたんたんと歩くのも好きだという。山の空気を吸い、山のにおいをかいでいると、気持ちが落ちつくそうだ。高校生の頃までは、親が山に誘っていたが、今はまったく逆で、「一緒についていってもいいか」とこちらがお願いする始末である。本格的な岩場の山になると「いくらなんでもお父さんは無理だよ。体力も技術もなさすぎるから」と言う。

家の台所の壁にはロッククライミング用のトレーニングボードが打ちつけられており、息子は第一関節で懸垂をくりかえしている。

最近は二ヵ月に一度の割合で中央線沿線や丹沢の山に日帰りで出かけている。息子が近隣の岩場でロッククライミングをする時は、下から彼の登るのを見つめていたりする。あるいは顔なじみの山小屋の主人に会いたくなると、ふらりと登っていく。まるで和める居酒屋に顔を出すよう。したがって山に向かう緊張感は薄い。

それでも山に入った時は転落事故には気をつけている。若い頃はごくふつうに歩いた崖道や沢沿いの道も気を引き締めて歩くようにしている。山岳遭難は滑落、転倒、転落と圧倒的に下山時に起きている。道迷いの果ての転落が全体の半分を占める。しだいに疲れがたまる下山中に、ちょっとした気のゆるみからバランスを崩し、転滑落が始まる。とりわけ私のような中高年になると足の筋力や平衡感覚がおとろえ、何でもないところで体がよろけたりする。

　このところ山へは一人で行くため、行動中に「ここはあぶないな」と思った場所は慎重に歩くことにしている。さらにやむなく山中で一夜を明かすという事態も予想して、薄いナイロンでできた非常用のツェルトをザックに入れることにしている。これがあれば少なくとも風雨はしのげる。タバコほどの大きさで軽量コンパクトなツェルトは荷物の邪魔にならない。風の強い頂上でひと休みする時も頭からかぶると体力の消耗が防げる。地図にコンパス、雨具、ヘッドランプ、ツェルト、ストックは日帰り登山でも欠かせない。

　つい先日、稲子湯《いなごゆ》から中山峠《なかやまとうげ》、高見石《たかみいし》と北八ヶ岳を五年ぶりに歩いてきた。二十代の頃は秋や冬に何度もこのコースを歩いたものだ。

「もしかしたら」と思っていると案の定、八ヶ岳を中心に写真を撮っているカメラマン武藤昭《むとうあきら》と高見石小屋の前でバッタリ会った。相手の髪もすっかり白くなり、昔はふっくらしていた頬がくぼんでいる。それだけにいっそう精悍に見えた。

「まだ山を歩いているの、暇だね」相手は笑っている。「老人は行くところがないからね」と相づちを打つ。

それにしても山から若者がすっかり姿を消して、中高年というよりもまるで高齢者、六十歳をこえている人ばかりが平日の山をうろついているようだ。

「老人は山に来て何がそんなにうれしいのかね」武藤カメラマンは相変わらずへらず口をたたいている。若者がいなくなったのは山だけではない。観光地、温泉地、スキー場にテニス場、ゴルフ場も同じで、あちらこちらで閉鎖かその準備を始めている。

ディズニーランドや成田《なりた》空港には若者があふれているが、山や自然界に若者の姿は見えない。

「山小屋はおじさん、おばさんの社交場になってしまったね」

カメラマンは小屋の前のベンチで大型

カメラを手入れしながらひどくうれしそうだ。「ねえ、これからどこに行くの？もしよかったら茅野《ちの》の俺の家に寄っていかない」と酒を飲む仕草をした。

「これから雨池峠《あまいけとうげ》まで行くので」首を振ると「山なんかどこがいいんだい」とあきれたふうの声が返ってきた。

　山から若者たちは遠く離れたが、アウトドア産業はさかんである。キャンプやウォーキング、カヌーやサイクリングには若者たちは集まる。すばらしい自然を満喫したいのなら山に登ればいいものを、「ダサイ」と若者は見向きもしない。

「山は老人だけでいいじゃない」「地元の居酒屋も老人だけ」「ではでは」「下山したら一杯やりましょう」そんな会話をしてカメラマンと別れた。

　高見石から麦草峠《むぎくさとうげ》まで一時間である。この峠を通るビーナスラインができてから、あたりの風景はすっかり変わってしまった。だが山道に一歩足を踏み入れると、昔と何ひとつ変わらない山容がひろがる。

　縞枯山が見えてきた。山岳カメラマンが必ず狙う山である。白く輝くシラビソの立ち枯れの木が続き、まるで北欧のような独得な風景だ。

　次はいつこの風景に会うのだろう、という思いがふとよぎる。ロープウェイがかかるピラタス山頂駅まで何度も振り返りながらゆっくり下山していった。かつて二十代に歩いた北八ヶ岳の山行を回想しながら、デジカメのシャッターを何度も押した。

山小屋に入った息子からはその後なんの連絡もなく、こちらから電話を入れても「電波の届かない場所にいるか、電源が入っておりません」というむなしいメッセージしか聞こえてこない。

真夏の急登

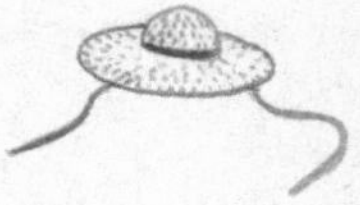

これまで山歩きで何度も吊り橋を渡ってきたが、畑薙《はたなぎ》大吊橋ほど長くて高さのあるものは初めてである。ダム湖にかかる橋で、百八十メートル先の終着点が小さく見える。幅が三十センチほどのユラユラ動く板の上を、おっかなびっくり進む。

足もとの青い水面が目に入ると、太いワイヤーを握る両手に思わず力がこもる。緊張するが、橋のゆれに歩調を合わせてリズミカルに進むしかない。雨や強風の時はさぞかし恐ろしい難所になるだろう。

大きな麦わら帽子をかぶり、赤いザックを背にした妻は、高い吊り橋をためらうことなく渡っていく。頑丈に造られているとはいえ、ゆれる橋の上をよくもあんなに速く歩けるものだ。対岸に着いてカメラを構え大きく手を振っている姿に感心しながら「女性の神経は図太いからな」などとつまらないことを思い、対岸に着いた。ここから本格的な登山が始まる。

広葉樹がひろがる急登の尾根を歩く。頼りにしている二本のストックを両手にひと汗かくと、ヤレヤレ峠である。ここまで来ると誰もが「やれやれ」というのが由来なのだろうか。休憩用の丸太ベンチがあり、眼下に先ほど通った湖が白く光っている。時計を見ると八時近くを指していた。早朝五時に食事をし、下のロッジを六時に出て、ダム湖の脇の舗装道路、林道の砂利道を一時間ほど歩き、吊り橋を渡ってきたのだ。

ここから息子がアルバイトでお世話になっている茶臼小屋までは七時間ほど続く急登の尾根道が待っている。

ヤレヤレ峠は千メートルをこしているので風が涼しい。ザックをおろし水を飲む。赤いタオルを首からさげた妻は「昨日の暑い昼間に登ってこなくてよかったわね」と言った。

息子の山小屋に顔を出してみたいとは思っていたが、今年の台風四号によって、南アルプスの林道がいたるところで崩落してしまい、息子のいる南部の茶臼小屋へ登るバス道も全面通行止めになった。かろうじて人だけが路肩に沿って歩けるようになったのは八月のお盆近くになってからである。

時おり山の上で働いている息子から携帯電話で連絡が入るのだが、下の崩壊した道路事情にうといらしく、どうも要領を得ない。「お盆の繁忙期が終わったら聖平小屋に移るから、今しか登ってくる機会はない」と言う。

私はお盆休みの道路混雑やギュウギュウ詰めの山小屋事情を何度も体験しているので、返事を渋っていた。だが妻は職場が休めるのはお盆しかないという。息子も「小屋の支配人のおじさんが、両親が登ってくるなら美味しい行者にんにくの漬物を作っておくって」と言ってくる。息子なりに計画を立てているのだ。

仕事の原稿やさし絵が片付かず「行く、行かない」そのことで何度も妻と言い争いになり、ケンカが続いた。息子から山小屋にこれだけは必ず持ってきてくれとダメ押しがきて、とうとう折れた。

小屋から下がった沢で岩魚が釣れるので、岩魚用の針を二セットに、餌のブドウ虫。眼が痛いので、ホウ酸とものもらい用の目薬。近くに格好の岩場を見つけたので、ロッククライミング用の腰からさげる袋とチョーク。

朝五時に車で出発したが、高速道路に入ると、すでにびっしりと車が続き、動かない。ブドウ虫は後部座席のアイスボックスに入れてきたが、座席の横の飲み物はあたたかくなっている。

お盆に入ったとたんに日本中が観測以来の猛暑だという。静岡から高速道路を下り、カーナビに疑心暗鬼になりながら、山道を頼りなく三時間ばかり走り、登山基地になる畑薙ダムの満車の駐車場に着いた頃には、午後になっていた。

やっと一台分の駐車スペースを確保し、汗だくになって登山の準備を始めた。

「アッ」いざ出発という時、私は大声を出した。頭の中が真っ白になるとはこのことだ。なんと自分の登山靴が車の中にない。家の玄関横に忘れてきたのだ。座席の下まで必死に探したが登山靴はなかった。

麦わら帽子をかぶり、登山靴をはいた妻は体を上下させ準備体操をしている。車を運転してきたヨットシューズでは山は一歩も登れない。ザックの中身は何度も点検してきたのに、登山靴を忘れるとは。こんなことは初めての経験であった。成田空港でパスポートを忘れたようなものだ。

さっき立ち寄ったロッジでもしかした

ら貸してもらえるかもしれないと思ったが、残念なことに長靴以外なかった。登山靴を購入するにはまた静岡に戻るしかない。往復に六、七時間はかかるとロッジのおかみさんは言う。

「今夜泊まります。とりあえず靴を買いに」ふたたび大井川に沿ったくねくねした山道を静岡市内まで三時間下っていく。その間妻はじっと黙っていた。

やがてぽつりと言った。「明日の涼しい早朝から登ったほうがいいわ」穏やかな声である。もし妻が靴を忘れていたら、おそらく私は逆上し、大声でどなり、そして登山を中止したことだろう。

市内の登山専門店で気に入ったメーカーの靴を手にすると、やっと気持ちが落ちついてきた。登山靴だけは間に合わせの安物にしたくない。他人の失敗には眼をつりあげて怒るくせに、自分のことにはいたって寛容である。ロッジに戻る間も妻は無言であった。

ヤレヤレ峠をあとにして平坦な道を下っていくと沢の水音が大きく聞こえてくる。短い吊り橋を何カ所か渡り、沢沿いの道を進んでいくと、台風のせいか登山道が土砂にまみれ、曖昧である。しばらく立ち止まってあたりをゆっくり眺めると木に赤いマークがついていた。

「あっちだね」私が指さすと妻は滑りやすい岩の上を腰がひけた足どりで歩いていく。三十分ほどして無人小屋のウソッコ沢小屋に着いた。山に来る時は必ず持ってくる沖縄の黒砂糖を妻に渡すと「元気がわいてくるわねえ」と鬱蒼とした森を眺めている。生い茂った木々のため直射日光からは逃れられるが、あたりの山の景色は何も見えない。ここから中間地点の横窪沢《よこくぼさわ》小屋まで二時間ほどまた急な坂道が続く。

山を歩いている時にひとり言のように、意味をなさない言葉が交差することがある。

南アルプスの空はやさしい青だなあ。北アルプスの空とはずいぶんちがう。

どうして精一杯やったと満足できる仕事をこれまでしてこなかったんだろう。

ダメな人間はたたかれるとすぐにつぶれる。そして愚痴が多い。

緻密に計算してゆくとたいてい挫折する。実力のない人ほどいろいろ教えたがる。

妻の「息子をたずねて三千里」は親が子を思う愛情か。

妻が何事にも動揺しないのは精神的に安定しているからなのだろうか。

熟年離婚の一番の原因は。

激しい思い込み人間は社会から葬られるのか。

そんなことごとを思いながら、小滝の上の吊り橋を渡り、乗越の横窪峠を下っていくと、明るい開けた谷間に建て替えられたばかりの横窪小屋が見えた。「ああやっと半分まで来たわね」「ここからあと三時間で茶臼小屋だ」

上の小屋と経営が同じなので妻はおみやげのせんべいを小屋の主人に渡している。本来は昨日泊まる予定だったところである。

「おつかれさま」小屋の主人はまだ若い。「いつもならこの時期は混雑しているけど、下の道路が寸断されて稜線に出るには信州側しか上がれなかったから、ここのところ静岡側からは人がまばらでね」手作りのコーヒーゼリーを出してくれた。上の小屋に「親父さんと奥さんが上がってきましたよ」と無線で報告を入れている。

ツガ、モミ、シラビソがゆれ、なんとも気持ちのいい風が吹いてくる。昼食のラーメンをすすり、水を補給し、さあ出発しようとした時、小屋の玄関にいた妻が突然大きな声で息子の名を呼んだ。

予想もしていなかった。なんと息子が大汗をかきながら青いTシャツに短パン姿で現れたのだ。茶臼小屋から通常は下りでも二時間かかるところを、天狗のように三十分ほどで下ってきたのだ。

息子は背負子《しょいこ》型のザックに妻の荷物をくくりつけ、「この沢の下に大きな岩魚がいるんだ」と身ぶり手ぶりで話し、山小屋の人に餌と釣り針セットを分けていた。そして、「まだ仕事が残っているから」とさっさと上に登っていった。

「元気でよかった」身軽になった妻は大きく両手をひろげ、「山の空気はいいわ」と体をぐるりとまわした。

山の
スケッチ帖
1

山のスケッチ帖

山の本の中で絵が多い画文集が好きである。『霧の山稜』(加藤泰三《かとうたいぞう》)、『日翳の山ひなたの山』(上田哲農《うえだてつの》)、『山靴の音』(芳野《よしの》満彦《みつひこ》)、『北海道の山を滑る』(熊谷榧《くまがいかや》)などを思い出したように開いては、山の空気を味わっている。

上高地《かみこうち》の河童橋《かっぱばし》から穂高を描いた油絵よりも、歩きながら登りながらスケッチしたようなものに惹かれる。山の風やにおい、あるいは人の汗が伝わってくる絵のほうが心が和む。

高校生の頃、一人で近郊の奥多摩や丹沢を日帰りで歩いていたが、広々とした山の景色に出会うと「こんな山の絵を描けたらなあ」と何度か思い、山の雑誌に時々載っている絵を模写し、水彩で色をつけていた。

スケッチ帖をザックに入れ、山で描こう

と何度か挑戦したが、弁当を開いている時以外はほとんど休むことなく歩いているので、絵を描く余裕はない。頂上に立つと頭の中はすでに下山のことで一杯になり、一目散に逃げるようにバス停や駅へと向かうのだった。

腰を落ちつけてスケッチするようになったのは、四十歳を過ぎてからである。何度も体験した末、「絵を描くことを億劫がらない」という結論に達した。

そのためにはスケッチ帖をザックにしまわず、ポーチのような軽いバッグを肩からたすき掛けにし、それに収まるハガキ大のスケッチ帖にかえた。大きいスケッチブックを使用すると、その扱いに時間がかかり、余分なエネルギーを費やす。

いつも３Ｂの鉛筆と赤、青、黄の色鉛筆をポーチに入れている。熊谷榧さんのように、水性のサインペンでぼかして陰影をつけるのも絵が立ち上がってくる。消しゴムは持っていかず、下描きはせず一気呵成に描く。気になる山や岩や人物や林、湖、川といったものを乱暴なくらいに力強く描くと、心も晴れ晴れしてくる。あまりチマチマと細部にこだわっていると、山の空気感が飛んでいってしまう。色は家に戻ってから、記憶を頼りに仕上げる。

参考にと思ってか写真を撮っておく人がいるが、それは無駄である。山での写真は絵を描くうえで何の足しにもならない。机上で写真や画集を見ながら描いた絵は、どうしても臨場感に欠けてしまう。やはり山の絵は自然の中を歩いてこそ身についてくるものだ。

子供になった気分で画面一杯にゴシゴシ描くことに尽きる。そんなクセをつけて山に入ると、「あれ、山の雰囲気をつかめた」といつの間にか身についているのを実感するにちがいない。

木や花のスケッチが苦手な人は、好きな画家の花のとらえ方をじっくり見てまねるのが近道である。そうすることで、手が自然に動いてくれるはずだ。

スケッチ帖は必ず最後のページまで描く習慣をつけるのも大切なことだ。写真家がフィルムの整理を丁寧にやるように、スケッチ帖も描き散らかして終わりにせず、気がついた時に机の上で修正することも忘れないように。こうしてハガキ大のスケッチ帖を一冊描き終わる頃には欲が出てきて、スケッチのために日本百名山をめざすことになる。

上手に描こうと思うと失敗する。山登りと同じで、登り方が下手な人ほど持続して案外山歩きを楽しんでいる。

山で描いた絵は後々まで心に残る。手を動かしたぶん思い出が体の奥までしみ込むからだろうか。

ニワトリの少女

千葉市内の高校に通っていた頃は、実に際限なくズル休みをした。学校に行かず、ただあちらこちらをほっつき歩くのだ。このままいけば出席日数が足りず落第するぞと脅されたが、さぼりの誘惑には勝てなかった。登校拒否といった精神的な悩みとはまったく別もので、ズル休みを思い立つとうれしさで心も体も舞いあがってしまう。早朝から張り切って一人でおにぎりを作り、その日に遊ぶコースを思い描いて浮かれていた。

市内を平日うろつくのは危険である。学生服を着ていると、パトロール中の警察官にきまって呼び止められ、質問にあう。そんな時のために「文化祭の振替休日」「親の病院に見舞いに」などの言い訳を用意し、あるいは「校外学習の日」などと言ってさりげなくスケッチブックを見せるなど悪知恵だけは発達したのだが、市内のおまわりさんは高校の行事に詳しく、口から出まかせを言ってもすぐにバレて、交番に連れていかれたりする。

したがってズル休みをしてもうろつくところは海岸や丘の雑木林になる。列車に乗って素朴な山村風景がひろがる土地を探すのだ。自然がいっぱいに残っている房総《ぼうそう》は探索には適していた。

こういうところに行く時は学生服では怪しまれる。かといって派手な服も逆に不審を買う。全体に茶系がよく、あたりの風景に溶け込み違和感を与えない服装が一番ということになる。

このような郊外探索のためには、日頃から家事を手伝い、とくに買物は時間があるかぎり積極的に行く必要がある。お釣りをごまかすのだ。気づかれた時は「参考書を見つけたのでつい買ってしまって」と言いつくろい、ズル休み用の貯金箱にしまっていた。

そんなズル休み校外学習の一日に、養老渓谷《ようろうけいこく》へ行ったことがあった。房総一の渓谷美と名高い場所だ。さらに奥地へと進むと秘境という言葉がぴったりの梅ヶ瀬《うめがせ》渓谷《けいこく》がある。千葉駅から内房線の五井《ごい》駅で降り、そこから小湊《こみなと》鉄道に乗り換え養老渓谷まで三十分という近い距離である。初めて訪れた時は早春で、白い梅があたり一面に咲き乱れ、この世のものとは思えぬ美しさだった。都会の喧噪から離れた渓谷の静けさと清流のせせらぎに胸を打たれた。

梅ヶ瀬渓谷をひとまわりしたあと、村の小道を歩いていると、自転車に乗ったおまわりさんがやってきた。うつむきかげんに通り過ぎようとしたが、案の定「きみきみ」と声をかけられる。振り向くと眼つきの鋭いおまわりさんが汗だくで自転車から降りてきた。すぐさま「校外学習で絵を描きに来ている」と得意の嘘を準備し、肩にさげたバッグからスケッチブックを取り出そうとしたが、

「この上の渓谷で足をくじいたお年寄りがいるので手伝ってくれないか」と思いがけないことを言われた。

　動けない老人を見つけたハイカーが駅の近くの交番に連絡したのだ。自転車のあとに続き素掘りのトンネルを抜けて細い林道を登っていくと、ハイキング帽をかぶった初老の男が道の脇の岩に座っていた。老人といっても、自分の父親と同じくらいの年齢に見える。足もとに小さなザックがあり、下の渓谷から自力でここまで登ってきたのだという。ねんざをしたために、手を使って全身でイモムシのように体をくねらせ、林道まで上がってきたのだ。そのため体中泥だらけであった。

「よかったよかった。本当に、暗くならないうちに発見できてよかった」おまわりさんは老人の腕に手を入れた。

「とりあえず下の旅館までゆっくり行きましょう」

　自転車の荷台に老人を乗せ、二人乗りを後ろから私が支えるようにして、キイキイとブレーキの音をたてながら下りていった。

旅館に着くと、老人の服の泥はただちに拭き取られ、「一泊したら」とすすめる声があがったが、家の者が心配するので、と断っていた。連絡しようにも老人の家には電話がないという。五井の海岸のそばに住んでいるとのことで、帰り道が途中まで一緒の私が世話をする羽目になった。

駅で列車を待っている間に、おまわりさんが私の名前と学校名を訊いてきた。少しためらったが、本当のことを言い、「今日は校外学習のために」とスケッチブックを開いた。

五井駅から老人は「近いので」と恐縮しながら私の手を握り、旅館でもらった木の枝の杖をついてゆっくり歩きだした。

駅前にタクシーはなく、薄暗い夕暮れがひろがっていた。橋を渡り、海のにおいがしてくる。

「ほら、あそこがワシの家じゃ」指さされた先の松林の中に、漁村にある番屋のような小さな家が見えた。庭にニワトリが何羽も放し飼いにされ、ニワトリに声をかけながらエサをやっている少女がいた。

驚いたことに、見覚えのある同級生の姿であった。公立の新設高校にはまだ一年先輩の生徒と私の学年だけなので、学校に来ている人の顔はなんとはなしに知っていた。私が養老渓谷で起きたことを話すと、驚いて父親のほうに走っていった。

三人でコタツに入っているうちに、隣りの八幡宿《やわたじゅく》で働いていた母親が帰ってきて、その日の夕食を食べていけと言う。さらにおみやげに卵を四つケーキの箱に入れてもらった。

自宅に戻り、割れないように丁寧に包まれた卵を取り出すと「どこに行っていたの」と妹から不思議がられた。養老渓谷のことを話そうと思ったが、なんだか話が複雑すぎる気がしてやめてしまった。

翌日、学校に行ってみると、ニワトリの少女がいた。影の薄い大人しそうな生徒で、恥ずかしそうに腰のあたりで手を振っている。私は養老渓谷がいかにすばらしいところかを話したかったが、ズル休みをした次の日なので「またお昼休みに」と別れた。

学校の裏の林で影の薄い少女と膝をつきあわせて話をしてみると、なんと彼女も父親の影響か房総の山をあちらこちらと登っているのだという。

千葉は広大な面積を有するわりに高い山はなく、最高峰は愛宕山《あたごやま》の四〇八メートル。それ以外の山もせいぜい標高三〇〇メートルほどである。もっとも海に囲まれているので、低いけれども眺望が優れており、それなりの山歩きを楽しめる。運動靴で充分歩ける山があるのもうれしい。

養老渓谷のすばらしさを熱っぽく語ると、「大福《だいふく》山にも登ってみたい」と小さな眼を輝かせ、春休みになったら一緒に行くことを約束した。大福山も二九五メートルといたって低い。

しばらくして担任の教師から、このままいけば出席日数不足、学力低下のために落第間違いなしとの勧告を受けた。そのことを両親にどう話したらいいのか悶々とした日々が続いた。影の薄いニワトリの少女はあれから二回もわざわざ学校に生卵を持ってきたが、あれは好意を寄せる相手への愛情表現だったのだろうか。

春休みに入り、彼女と大福山に登った。房総半島のほぼ中央に位置する山のため、山頂からの眺望は実に見事で、春霞の向こうに愛宕山をはじめとする房総半島の山々がぐるりと見渡せる。下りは林道になり、ゆっくり養老渓谷へ向かった。歩きながら彼女に落第の話をすると、小さな眼が驚いたように開き、焦点の合わないうつろな表情をして「なぜなの？　落第が本当にうちの学校でもあるのね」とつぶやいた。

ハイキング道の途中に、奥養老バンガローという看板が見えてきた。その看板の前で急に「ここに泊まろう」と彼女は大きな声を出した。一泊、布団と夕食のおでんセット付きというのだ。

バンガローは樹林に囲まれた静かなところで、何組かの家族連れがすでに夕食の準備を始めていた。

受付で小屋のカギを借りて部屋に入るとカビくさいにおいがした。布団の入った押入からは湿っぽいよどんだ空気が流れた。

台所でガスを点検すると勢いよく火が点いた。

「家の人に言ってきたの？」尋ねると、ちゃぶ台の上にお菓子類をひろげながら「もしかしたら泊まってくるかもしれないと言ってきた」と答えた。「あなたも受付の電話で家に連絡してきたら」

バンガローの入口で受け取ったおでんの具を鍋に入れ、昼間の余ったおにぎりと一緒に食べた。低い山でも一日歩くとぐったりする。湿った布団を二組並べてすぐさま寝ることにした。

しばらくして彼女の手がのびてきて、「落第は悲しいわね」「死にたい？」と小さな声で言った。

唐松岳の桜

春の陽光を浴びて咲き乱れる桜を見ると、何とも言えぬ喜びを感じるが、桜の思い出を回想するといつもなぜか胸がいっぱいになる。

桜の花びらは白ともピンクともつかない、どちらかというと冷たい色である。花一輪だけ見ると目立って美しいものとは思えない。だが桜のはかなさが日本人の心に深く訴える。春を待ちかねたかのようにいっせいに咲き、たちまち散っていくところがいいのかもしれない。

ひと雨あったあとは白い花が地面を覆う。夕方や夜の花見は花冷えという言葉どおり、毛布でも肩からかけたくなる寒さだ。それでも花を見ながら酒を飲むのは粋なことである。桜の花びらがひらりと盃に落ちる。自分で入れては野暮になる。偶然だからこそいいのだ。ほのかな花の香が酒に溶けていく。

真の桜好きは、日本中どこに行っても桜というとソメイヨシノ一色でつまらないとこぼす。咲き方も散り方も画一的で個性がないと憤慨している。

ソメイヨシノは江戸時代の末期、現在の駒込《こまごめ》にあたる染井《そめい》村《むら》の植木屋が育成したという。生育が速く、若木でも花が咲き、花つきが美しいので、またたく間に全国にひろまった。

奈良時代まで花といえば梅を指していた。室町以前は桜は山のものを眺めたり、庭に移し植えたりしたものだった。丘陵や山地に咲くヤマザクラである。園芸種ができないうちの桜はすべてヤマザクラであった。古来詩歌に詠まれてきたのはこの桜である。

ヤマザクラはソメイヨシノとちがって葉が出てから花が開き、葉の裏が白く輝いて見える。若葉や新芽の色などにさまざまな変異があり、それも美しい。オオヤマザクラも山地に見られ、ヤマザクラにくらべ、花色が濃くあでやかである。西行《さいぎょう》、本居宣《もとおりのり》長《なが》が詠んだ重厚なヤマザクラにくらべて、ソメイヨシノは軽薄すぎると桜愛好家は怒るのである。

少年時代から、五月の連休はきまって山に入っていた。満員の夜行列車にゆられ、八ヶ岳や谷川岳、北アルプスの穂高、白馬《しろうま》と飽きもせずに歩いたものだ。山にはまだどっさり雪が残り、ピッケルとアイゼン持参の登山になるが、里に下りてくると遅い春をむかえた山国の桜が美しく咲いている。

ヤマザクラは群生せずポツンと咲いているのが何とも言えず可憐である。芽吹きはじめた緑の中で、ひときわ白くヤマザクラが咲いている。それを見て「我が青春に悔いなし」と心の中でつぶやく。仲間の連中も真っ黒に日焼けした横顔で満足そうに桜の花を眺めている。

大学生の頃、落第と失恋に嫌気がさして一人で山に逃げ込んだことがあった。一週間分の食糧とテント、さらにスキー道具をかつぎ、八方尾根に向かった。当時は大糸線《おおいとせん》信濃《しなの》四ツ谷《よつや》、現在は白馬《はくば》の駅で降りた時は、夜行列車の寝不足でザックをかつぐなり体がふらついた。

スキー板やスキー靴が入っているので荷は五十キロをこえていた。一度ザックをおろすと二度とかつげないだろう。白馬山麓から兎平《うさぎだいら》までのゴンドラに乗る際、荷物の重量チェックがあり、係の青年が心配そうな顔で「張り切るなあ」と声をかけた。

第一ケルンの下にテントを張る予定になっていたが、この荷物を一度に運ぶのは無理だと思い、ゴンドラを降りたところでスキー道具とアイゼンなどの登山道具を一時預かってもらった。その日の夕方に無事テントを立て、夕日に染まる白馬の峰々を見ながら、山に来られた幸せをかみしめ、体が震えるほどの感激を味わっていた。

四月に入ったとはいえ、山は三メートル以上の雪が積もっており、夜はぐっと冷え込む。ありったけの服を着込んで寝袋にもぐっても歯がガチガチとなって寝つかれなかった。小さなトランジスタラジオのイヤホンでは長野の放送局が桜の開花日を伝えていた。

次の日は居住性を考えたテント場を探し、斜面のあるほうに移動した。まず雪をできるだけ深く掘り、風を避けるためまわりに雪のブロックを積み上げ、さらにトイレも造った。石油バーナーと食糧はもう一度点検し、一週間の滞在に耐える作戦を見直した。

昼食は下のレストランで食べることにし、その時に濡れた手袋や靴下、タオルを必ず乾かすようにきめる。

スキー場で汗をかくのも楽しいが、唐松岳《からまつだけ》の山頂にも立たなくては今回の八方尾根合宿はおさまらない。テント場から四時間もあれば頂上に着けるはずだ。帰りはなだらかな斜面からスキーで下りるつもりである。ラジオで天気を確認し、まだ星空が輝く午前五時に出発した。

凍てつく雪面にアイゼンの音が消えていく。自然界のすべてがまだ寝静まっているのか、まったく音がしない。風もなく山に登るには絶好の日である。ザックにくくりつけたスキー板の重さも心地よい。

第三ケルンを越えたあたりから周囲が明るくなり、白馬の峰が朝日に照らされてピンクに染まっていく。劇的に色が変わっていくその美しさに息を飲んだ。ダケカンバの林が現れ、そこにスキー板とスキー靴をしばっておく。スキーストックはピッケルと兼用するために頂上まで持っていくことにした。

山を歩いていると嫌なことや悩みごとがどんどん空の奥に吸い込まれていくようだ。振り返ると雪をかぶった不帰《かえらず》ノ嶮《けん》がヒマラヤ襞のように鋭く切り落ちて見える。

山頂近くの小屋は無人で入口が堅く閉ざされ、入ることはできなかった。テルモスの湯を口にし、頂上へと向かうが、険しい痩せ尾根になっており気を抜くことはできない。朝からまったく人影のないところにいると、この広い山にポツンと一人だけ残されているような不思議な気持ちになる。

やがてあたりをさえぎるものがない頂上に立った。白馬や雄大な山容をもつ鹿島槍《かしまやり》ヶ《が》岳《たけ》、後立山《うしろたてやま》連峰の山が雪をかぶってとてつもなく大きく見える。尖ったピラミッド形の剱岳《つるぎだけ》の頂上も空に突き刺さっている。「空の色が濃いなあ」青いというより黒いような空である。「たぶん一生この空を忘れないだろう」心の中でつぶやき、もう一度アイゼンハンドをチェックし、下山中の滑落事故に備える。スキー用のストックを突きながら、安全と思われる広い尾根まで慎重に足を運んだ。

高校生の時に社会人山岳部のベテランの人に連れられてこの唐松岳を登ったが、その時は先輩の足もとばかり見つめ、風景を楽しむ余裕はまるでなかった。歩いている途中は絶えず荒い息をはき、体は馴れないピッケルやアイゼンとギクシャク格闘していた。

登る途中にデポしてきたスキー板を見つけて初めて大きく息をつき、安堵感に包まれた。まったく人のいない斜面をスキーで滑る楽しさはこたえられない。広いスキー場を独り占めしている気分である。

山から下りると落第のことも失恋の痛みもどこか遠い世界へ飛んでいってしまっていた。一週間も雪の中にいたので里のヤマザクラがまぶしく、しばらく茫然と見とれていた。

その後、新しい恋人ができ、何年かして結婚がきまり、婚約中に唐松岳を登った。

やがて二人の子供が生まれて小学生になると、何度かスキーにも訪れた。数年前の夏にも頂上まで登ったばかりである。何かと縁のある山となった。

登山といえば若い時は山頂に立つことが一番の目的で、花になどまったく興味がなかったが、白馬で見たヤマザクラの美しさは今でもはっきりと思い出すことができる。

そして今、多摩の丘陵には野生のヤマザクラがまだたくさん残っており、家に妻と二人でいて気まずくなると犬を連れてあてどもなく歩くことにしている。どんな種類の桜でもやはり桜は人を幸せにする花である。

初夏の上高地

新緑の頃の上高地は山国の長い冬から解放され、すべての生物がいっせいに動きだし、その生命を喜びで輝かせている。バスが釜トンネルから梓川《あずさがわ》沿いの坂道を進んでいくと、今も活動している火山、焼岳の荒々しい姿が目に入る。その大きさに誰もが感嘆の声をあげ、やがて大正池《たいしょういけ》の幻想的な立ち枯れの風景に沈黙する。

バスターミナルから河童橋まではすぐである。ここから眺める岳沢方面の奥穂高、吊尾根、前穂高岳の山岳風景はあまりにも有名だ。この場所に立つと心打たれ、山に来られたことの幸せを感謝せずにいられない。

これまで何十回と上高地を訪れたが、眼にしみるようなケショウヤナギの新緑と残雪の穂高の美しさはいつ見ても胸が締めつけられる。

上高地は槍ヶ岳や穂高連峰の登山基地として若い頃は素通りしていたのだが、しだいに大正池や田代池《たしろいけ》、あるいは明神池《みょうじんいけ》といった豊かな水辺の風景に気づかされた。まわりのニリンソウやサンカヨウの小さな花にも足が止まる。あるいはマガモの光沢あ

る緑色の頭部を追ってしゃがみ込み、その動き方をじっくり観察したりする。

十代の頃から何度穂高連峰の頂上に立ったことだろう。上高地、徳沢《とくさわ》、横尾《よこお》、涸沢《からさわ》と歩き、山小屋かテントに二、三日泊まってぐるりと登るのだが、天候に恵まれた楽しい思い出しかない。梅雨の頃でも三千メートルの稜線は必ず晴れている。「六根清浄、お山は晴天」仲間と唱えながら涸沢までの登りで汗をかく。槍ヶ岳や穂高のピークや主稜線はほぼ制覇した。奥穂高からジャンダルムを越えて西穂高岳の難所続きのコースを踏破したことも、水筒の水がなくなり喉がカラカラ状態で歩いたことも懐かしく思い出す。息子と一緒に槍ヶ岳から大キレットを通り奥穂高へ登ったことも忘れられない。台風に閉じ込められ、山小屋で過ごしたことも。

やがて岩登りに夢中になり、毎年のように穂高の岩場をめざした。北尾根を最初に登り、ベテランの岡田昇と滝谷、屏風岩《びょうぶいわ》にも挑戦した。あの頃はいつもザックにロープとヘルメットを入れていた。

下山路はそれこそ仲間と飛ぶように下りていき、新村橋《しんむらばし》から対岸に渡り人通りの少ない治山林道を歩く。明神池の穂高神社奥宮で無事に下山できたことを報告し、嘉門《かもん》次小屋《じごや》の囲炉裏でイワナの塩焼きを食べるのが定番だ。しかし山で汗をかいて水分が不足しているのか、酒の量が半端ではない。「まあとりあえず無事に戻れたので」と宴会が始まるのだが、それからの長いこと。酒が入るとふだん無口な岡田昇も饒舌になり、ビールから日本酒に変わる頃には笑いこけて、四、五時間があっという間にたってしまう。

ある雨の日に、やはり岡田昇としたたかに飲みすぎ、酔っぱらって足をとられドロドロになりながらバスターミナルに向かったが、とっくにバスはなくなっていた。そんな時はきまって梓川沿いの西糸屋《にしいとや》山荘にお世話になる。山仲間は「イトヤ」と言う。山荘というより立派な旅館であるが、先代から登山客を大事に扱ってくれる。新装してからはヒノキ造りの大浴場がうれしい。若旦那は立教《りっきょう》大学の山岳部OBだけに今も山男に理解がある。主人は穏やかで物静かな雰囲気の人だが、動きに無駄がなくテキパキ気持ちいい。部屋も掃除が行き届き清潔感あふれている。

玄関をくぐると「とりあえずこのタオルで拭いてください」「登山靴はこちらへ」などと応対が素早い。「イトヤさんすいませんねえ、いつもこんな夜遅くに予約も入れず」我々のヘラヘラした挨拶を「ハイハイ」と軽く受け流して笑っている。

その後イトヤの主人とは、冬の穂高で亡くなった岡田昇の遭難対策委員会で何度か会った。遭難現場も一緒に歩いたが、いつも冷静な判断をし無駄口のない人だった。

さて、昭和八年に上高地へのバス道が開通するまでは、登山者は島々《しましま》か徳本峠《とくごうとうげ》で一泊して上高地に入っていた。日本アルプスを世界に紹介したウォルター・ウェストンも歩いた歴史ある峠道である。やがてバス道ができたために徳本峠を越える必要がな

くなり、登山者だけではなく一般の観光客もハイヒール姿で気軽に訪れるようになった。交通の発達により秘境から日本有数の景勝地に大きく変わったのだ。だが穂高や上高地を散策する登山者なら、一度はぜひとも昔ながらの徳本峠を越えてもらいたい。晩秋の頃に歩いたが、峠から見た大迫力の穂高の山に圧倒された。島々から歩くと、岩魚留小屋《いわなどめごや》までゆっくりした登りが続き四時間、そして徳本峠まで急登の三時間、峠を下った明神まで一時間半、さらにここから上高地まで一時間と合計九時間をこすロングコースだ。これは休憩時間をまったく入れていないので、私のような中高年の登山者はこの倍のコースタイムをみておいたほうが無難だ。

かつてこの道を長沼智恵子《ながぬまちえこ》という女性が歩いた。油絵制作のため上高地に滞在していた高村光太郎《たかむらこうたろう》に会いに行ったのだ。二人の噂は新聞で「美しき山上の恋」と報じられ、上高地で愛を育んだ二人は結婚を決意したと言われる。高村光太郎『智恵子抄』（新潮文庫）には幸せだった頃の彼女の様子が生き生きと描かれている。

九月に入ってから彼女（注・長沼智恵子）が画の道具を持って私を訪ねて来た。彼女その知らせをうけた日、私は徳本峠を越えて岩魚止まで彼女を迎えに行った。彼女は案内者に荷物を任せて身軽に登って来た。山の人もその健脚に驚いていた。私は又徳本峠を一緒に越えて彼女を清水屋に案内した。上高地の風光に接した彼女の喜は実に大きかった。それからは毎日私が二人分の画の道具を肩にかけて写生に歩きまわった。彼女は其の頃肋膜を少し痛めているらしかったが山に居る間はどうやら大した事にもならなかった。

光太郎は八月九月と清水屋に滞在し、二人して十月一日に島々に下りていったというが、二ヵ月分の宿代はどうしたのかなどと、美しき山上の恋にしては下世話なことを考えてしまう。当時の清水屋は現代の感覚でいくらぐらいしたのだろうか。

定宿、逗留という言葉に私はきわめて弱い。「なにをするわけではなく一ヶ月ほど伊豆の旅館に逗留していた」といった文章に出会うと、すぐにその旅館の料金はと計算機を取り出す。光太郎の場合は八月は一人だが九月から二人になる。大正時代とはいえ、いくら払ったのか知りたい。

上高地のホテルといえば皆が一度は泊まってみたいと夢見るのが上高地帝国《ていこく》ホテルである。深い緑の中にたたずむ赤屋根の建物は山男のあこがれで、若い頃に穂高を登り、五十代になってやっと泊まれるようになったという人も多い。

実は私は上高地帝国ホテルを定宿にしている。十年前に二回しか泊まったことがないが二回となれば常連だ。

いざ逗留となると一カ月からである。今年の初夏から梅雨にかけてここに腰をおろし上高地の画を描こうと決心した。

部屋は少し値段が張るが、デラックスのベランダ付きにしたい。ヨーロッパのしゃれたロッジ風の梁と白い壁が和む。レストランも和食が増えて充実している。肌寒くなると火が入る大きな暖炉を見つめ、夕暮れにラウンジでドライマティーニを飲む。

連休が終わった五月の中旬から梅雨にかけて上高地はふたたび静かになる。モーツアルトのCDを何枚かバッグに詰めて、定宿上高地帝国ホテルに行こう。もう智恵子は要らない。一人がいい。雨具のかわりに淡い紺の上衣を手にする。だが帝国ホテルも一カ月もの逗留となると退屈するかもしれない。やはり朝の食事ぐらいは自分で作るほうが楽しい。となるとコナシの花が咲く小梨平《こなしだいら》に居住性のいい大型のテントを張るほうが夢がひろがる。小梨平キャンプ場も穂高からの下山時に何度か利用したが、テントの場合は定宿とは言わない。常設場が正しい。

穂高神社の奥の院

紅葉があざやかな上高地を久しぶりに訪ねた。カラマツが黄金色に染まり、田代湿原の池《ち》塘《とう》に映る。穂高連峰は初冠雪が白く光っていた。梓川沿いの西糸屋山荘に泊まり、上高地を散策し、今も白い噴煙をあげる焼岳に登る。帰り道は懐かしい徳本峠を越え、島々宿まで足をもつれさせながら下りてきた。

徳本峠はトチ、カツラ、ブナ、ダケカンバ、ナナカマドが真っ赤に照り映え、その美しさに見とれて思わず足が止まってしまう。

秋の山の空気はことのほか新鮮である。大きく両手をひろげて深呼吸すると、清涼な山の気が体のすみずみまでしみ込んでくる。秋の濃い青空を見上げ「ああ山に来られてよかったなあ」と徳本峠を振り返り一礼した。

我々の祖先は太古の時代から山に畏敬の念を抱いていた。日本人の山岳観の始まりは山岳信仰である。山を見つめる時、人は常に敬虔な気持ちで両手を合わせてきた。山は命の素となる大切な水の源であり、動植物を育み、人間の生活の糧を生み出して

くれる。空高く突き上げる頂はもっとも天に近く、神が宿る地にふさわしい。そこは安易に人が踏み込んでいい場所ではなかった。

日本に登山をひろめたのは、明治中期に来日したイギリス人宣教師、ウォルター・ウェストンである。案内人と一緒に上高地から穂高や槍ヶ岳に登り、日本の近代登山の礎をつくった。その功績を記念して、梓川の右岸の岸壁にレリーフが埋め込まれている。

バスが上高地に着くと、河童橋の上でごったがえす観光客を睥睨《へいげい》し、ザックをゆすって穂高へと歩きだす。

少年の頃から山といえば穂高であった。絶えず憧憬し、山岳書をめくり、写真集を眺めては思いをつのらせていた。

山に向かう時、上高地は単なる通過地点で滞在する場所ではなかった。まして若い頃は何日も泊まることなど想像もできなかった。上高地のホテルや旅館はどこも帝国ホテル並みの高級料金で、金のない山男はとても近づけない。気軽に寄れるのは西糸屋山荘だけである。

三十代の終わりの頃に初めてこの山荘に泊まった時、「それにしてもずいぶん変わった名の宿だ」と思った。他の宿はほとんどが山の名を頭につけているのに……。

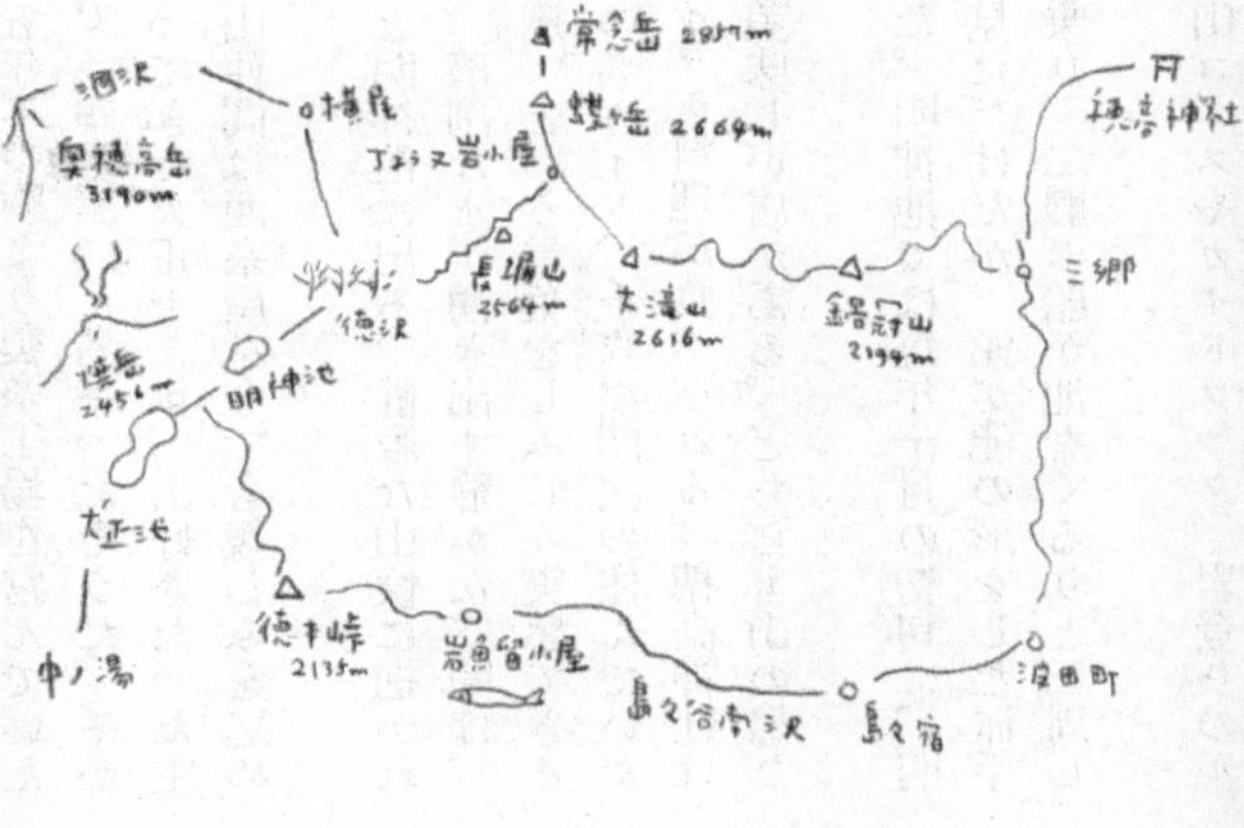

常念岳 2857m
蝶ヶ岳 2664m
涸沢
横尾
奥穂高岳 3190m
長塀山 2564m
大滝山 2616m
鍋冠山 2194m
穂高神社
三郷
徳沢
明神池
焼岳 2456m
大正池
中ノ湯
徳本峠 2135m
岩魚留小屋
島々谷南沢
島々宿
波田町

西糸屋はもともとは島々で慶応元年（一八六五年）の頃より製糸工場を営んでいた「糸屋」の分家で、本家から西の方向にあるので「西糸屋」と名乗ったそうだ。やがて時代が大きく変わり、日本でも登山熱が高まってきた大正十二年、山好きだった主人が、上高地に七坪の西糸屋と売店を建てた。山仲間は西糸屋を今でも親しみを込めて「イトヤ」と呼ぶ。

さて上高地から河童橋を渡り、一時間も歩くと明神池に出る。静寂な山懐に抱かれた神秘的な池で、池畔に穂高神社の奥宮がある。清冽な水が湧き出す静かな空間は、観光客がまだ現れない朝一番に入ると「森厳幽邃《ゆうすい》」という言葉をしみじみ実感できる。

その隣りにウェストンを案内した北アルプスの名ガイド、上條《かみじょう》嘉門次の住んでいた「嘉門次小屋」があり、囲炉裏で焼いた名物のイワナ料理が食べられる。穂高神社は大糸線穂高駅の近くにあり、あたりには蕎麦の美味しい店がある。どちらも山の帰りに酒を飲む店として何回か利用した。

山と平地の境目に水が湧き、明神池が生まれた。明神池では毎年十月の初旬に、明神池お船祭りがおこなわれる。観光用の写真で見ただけだが、頭が龍の形をした派手な平安朝の「龍頭鷁首《りゅうとうげきしゅ》」の船に何人もの神主が乗り、二艘の船が池をぐるりと三周してお清めをするのだ。

これまで何度も穂高の山に登ってきたが、登山コースやガイドブック、岩登りのルート図は熱心に眺めるものの、上高地や明神池のことなどあまり興味がなくずっと無縁であった。知識も所詮は借り物で、山のことなら自分では少しは知っているつもりで悦にいっていたが、実際は何も知らないに等しい。

先日、『北アルプス大紀行』（一草舎出版）を開いた時、激しい衝撃を受けた。このＡ４判の豪華な山の本は、「信州の大紀行シリーズ」の第五巻に入っており、貴重な写真や図版が多く、活字も大きくて読みやすい。北アルプスを総合的にとらえた集大成として高く評価できる。定価は六千七百円と高額だが、何度もくりかえし楽しめる一冊だ。

中でも「山と奥の院」という田中欣一《たなかきんいち》氏の文章を読んだ時、まさに「エーッ」と声をあげ、驚きのあまり本を手に立ち上がった。

二百年前の江戸時代、穂高神社の奥の院をめざして山を越え谷を越え明神池にたどり着くまでの一行の歩く速さがすさまじいのだ。資料によると、七月二日朝（六ッ時、午前六時）に奥の院奉斎一行五人は穂高神社を出発するが、ここからの道筋がすごい。穂高の東宮から三郷《みさと》の山倉《やまくら》口—鍋冠山《なべかんむりやま》—大滝山《おおたきやま》—ちょう又岩小屋で泊まり、長塀山《ながかべやま》を越え徳沢峠を下り、いよいよ明神池の奥宮に向かう。帰りは徳本峠を越え島々宿に下りて夕刻八時に全員穂高に帰着。奥の院登拝の往路は一泊二日で、復路は一日であった。山の地図を見ながら読めばもっと感心するが、交通手段は当然足だけである。

それにしても昔の人は足腰が強かった。明神池を奥の院にするために、わざわざ大滝山を越え、蝶ヶ岳《ちょうがたけ》の岩穴を利用してめざす、その根性に体が震える。掲載されている「穂高神社奥の院登拝路」の図を見て、腕組みして考え込んでしまった。現在なら山の登り口まで車で行き、そこから歩きだせばなんとかと思うが、二百年前の貧しい装備で一夜を明かし、険しい道を進むのだ。明神池を霊湖といったくらいだから、参詣のためにそこを訪ねる喜びは途方もなく大きかったのだろう。松本《まつもと》や穂高の町から山を見つめると三角形のひときわ目立つ山が常念岳《じょうねんだけ》である。穂高神社の奥の院なら当然常念岳の枝沢あたりに祀ってもおかしくないのに、幾山河を越えて明神池畔を見つけ、そこに定めたことに深い感銘を受ける。

さて上高地から登れる日帰りの山となると意外とない。眼の前にそびえたつ六百山は道がなく、霞沢岳《かすみざわだけ》は徳本峠からしか登山道がない。そのうえ倒れた木が行く手をはばむ悪路である。大正池に映る焼岳は三時間半で登れるが、鉄梯子や崩れやすいガレ場など、初心者には不安材料が多い。それにいつふたたび噴火するかわからないので登るのもおっかなびっくりである。だが火山に登るとなんだか体にエネルギーがわいてくる。頂上近くなるとマグマが足もとでゆれ動いているような錯覚を覚えるのだ。

焼岳は大正四年に大爆発し、岩石や泥流が梓川をせき止めて有名な大正池を造り出した。もう噴火することはないと油断させながら、何度か小爆発をし、一九六二年にも噴火石により焼岳小屋がつぶれ、火口付近にいた登山者が負傷している。その後しばらくは全面登山禁止となった。

山道を歩いていると、「落石注意」の看板を時おり見ることがある。とくに雨の降った翌日などは危険で、そっと上を見つめつつその場から逃げる。では噴火するかもしれない山ではどうしたらいいのだろう。

これまでにも大雪山、浅間《あさま》山《やま》と休火山をいくつか登ってきたが、焼岳は「もしかしたらまた大爆発が」ともっとも怖れられている山でもある。だが、頂上付近から望む錫杖岳やその名のとおり笠の形をした笠ヶ岳のシルエットの美しさは溜め息が出る。深く落ち込んだ噴火口は危険のため覗き込むことができないが、山頂近くでも充分に満足できる山だ。

上高地に来て大正池のまわりを散歩し、穂高をバックに河童橋で写真を撮るのもいいが、半日で往復できる焼岳を見逃すことはない。仲間と山に登りながら「もしかしたら本当に爆発するかもね」「今日あたりひょっとしたら」などと冗談ともいえない会話ができるのも北アルプスではこの山だけである。ちょっと危ないがおすすめしたい山である。

死者の山

何度読んでも頭に入らない本がある。あるところまではページが進むのだが、それ以上は思考停止におちいり、「この本とは相性が合わなかった」とあっさりあきらめる本。

そんな一冊に、折口信夫《おりくちしのぶ》『死者の書』がある。開くたび、最初のページから拒絶反応を引き起こす。近代小説の最高峰だと絶賛する読者がいる一方、「よくわからない」という声も多い。折口信夫は一八八七（明治二十）年に生まれ、一九五三（昭和二十八）年に六十六歳で亡くなった。民俗学、国文学の研究者。釈迢空《しやくちようくう》のペンネームを持ち、詩人、歌人でもある。

私が折口信夫について知っていることは、すべて室生《むろう》犀星《さいせい》『我が愛する詩人の伝記』からだ。自分より先に死んでいった詩人へのいたわりを愛情あふれる文章で綴っていた。その中で、「古いことばをつかっても、にわかに冴えて生きて来る術を知っていた。危ない古語のつかい方が危なさを上手く融和させ、かえって鮮かさを加え

た」と書いている。私なりに「古代人の精霊の世界を見つけようとした本」とまるで迷路をさまよう幼児のような答えを出した。

こういう難解な本を理解しようと思ったら、一番いいのはとりあえず本に書かれている舞台に行ってみることである。

『死者の書』では大和《やまと》の二上《ふたかみ》山と麓にある當麻《たいま》寺《でら》が描かれている。二上山は古く大和人に親しまれ、ラクダのコブのような双峰は、北の雄岳《おだけ》が五一七メートル、南の雌岳《めだけ》は四七四メートルと低い。

低い山だからこそ、万葉の時代から若者が手をつなぎ、恋をして、草を髪に挿して遊んだのだろう。万葉集でうたわれた山はどれも丘といっていいくらいの低さである。あまりにも険しい北アルプスのような山は悪魔、悪霊の棲む山と怖れられ、人々は近づかなかった。

二上山に行くため、近鉄橿原神宮前《かしはらじんぐうまえ》駅に宿をとった。前に飛鳥の万葉集の旅めぐりをした時と同じ、はかなげでさびしいビジネスホテルである。あれは七月下旬の暑い盛りであった。当時の人はみんな歩いたのだからと、歌で詠まれた天《あま》の香具山《かぐやま》を中心にすべて徒歩でまわったのだが、暑さと突然の大雨、雷にたたられ、大変な一日であった。疲労困憊し、大きな木の下で濡れた眼鏡を悲しく見つめていた。

今回は『死者の書』にしたがい、秋分に近い日を選んだ。昼と夜の長さが同じにな

ることによって、山の精霊と一体となり、阿弥陀如来の信仰が深く体験できるという。二上山への登山装備としては、『死者の書』の文庫本、地図、磁石、水の入ったペットボトル、コンビニで買ったおにぎり、ヘッドランプを準備した。低山だからと甘く見ると足をくじくので、軽登山靴に折り畳み式のストック、そしてセーターと雨具。忘れてならないのは犬対策だ。里に近い低山で、危険なのは野犬である。以前暗くなって群れをなした野犬に襲われかけたことがあるので、彼らをなだめるための餌を用意した。また、熊よけのスプレーも野犬に効く。

宿のまわりの商店が死んだように静まりかえっているので、その夜は隣りの大和八木《やぎ》に電車で向かい、明日にも閉店しそうな陰気な居酒屋で、一人地図を見ながら二上山への作戦会議を慎重におこなった。

『死者の書』は万葉集で有名な悲劇の青年大津皇子《おおつのみこ》の怨霊に、その思いの丈を語らせている。大津皇子は天武《てんむ》天

皇の第三皇子で、教養は高く、人望もあつく、歌詠みとしてもすぐれ、その才学をのばして華々しい青春を過ごしたが、謀叛を企てたとされ、二十四歳で死罪に処せられた。その亡骸は二上山に葬られた。謀略による刑死と言われ、この時皇子の妃である山辺《やまのべの》皇女《ひめみこ》は髪を振り乱して素足で走り、やがて殉死した。

小説では中将姫伝説も載せている。姫は蓮の糸で當麻曼荼羅を織りあげ、西方浄土へ向かったという。さらに歌人大伴家持《おおとものやかもち》も登場するなど、花形スターが勢ぞろいする。

橿原神宮前から近鉄南大阪線に乗り換え、二上神社口《にじょうじんじゃぐち》駅で下車し、ぶらぶらあたりの風景を眺めながら歩いていく。加《か》守《もり》神社に着き、登山の安全祈願をしてから竹林のしっかりした道を登っていく。

できたらこの山へは夕方登りたかった。二上山は古代より神霊の宿る霊峰と仰がれている。ここは古代飛鳥の人にとって大事なサンセットポイントなのだ。夕陽の美

しい場所は世界中どこでも落日信仰の聖地となる。聖山に埋葬することによって、無実の罪に落とされた魂の祟りを鎮めようとしたのだ。

折口は日本のアニミズム的な宗教と新しく海を渡ってきた仏教を『死者の書』によって交わらせようとした。

――あ、おれは、死んでゐる。死んだ。殺されたのだ。――忘れて居た。さうだ。此は、おれの墓だ。

いけない。そこを開《ア》けては。塚の通ひ路の、扉をこじるのはおよし。……よせ。よさないか。姉の馬鹿。

亡くなった大津皇子が墓からむっくりと起き上がってくるところから小説は始まる。この姉は大伯皇女《おおくのひめみこ》で、姉弟の情は大変に深く、その弟の死は、

うつそみの　人なる我《あれ》や　明日よりは
二上山を　弟《いろせ》と我《あ》が見《み》む

と万葉集にのこされている。

姉は悲しみ、この世の人間である自分には二上山を弟と思って見るしかないとの嘆きを詠っている。

神社を出ると、いきなり急な登りが始まり、荒い息を切らしながら鉄梯子を越え、しばらくストックを頼りに登ると、奈良盆地が見下ろせる。雄岳の頂上である。のんびり歩いて一時間半というところだ。

平日なので人影もなく、こんもりと繁った山頂の墓標のまわりは、今でも無念の霊がさまよっているかのようなあやしさがある。時おり凍るような冷気が流れてくる。時計を見るとすでに午後三時だ。釣瓶落としの秋である。このままじっとここで時を待てば、『死者の書』の本質がよりいっそうわかるはずだ。

だが、これ以上ここにいると、霊に引き寄せられてしまうような恐ろしさもある。ふと見ると環境整備のための入山料の箱があった。大津皇子と折口信夫の鎮魂を祈りつつ、やや多めに払う。雌岳に向かい、心の中で「南無阿弥陀」とつぶやき下山した。

馬の背から當麻寺方面に行くのだが、意外にもこの谷間の道は、沢の水や岩が散乱しており、歩きにくい。登山靴を履いてきたことに感謝して、注意しながら足を運ぶ。あたりはすっかり暗くなり、振り返ると『死者の書』の一文が浮かんでくる。

こう　こう　こう――こう　こう　こう。

確かに人声である。鳥の夜声とは、はつきりかはつた韻《ヒヾキ》を曳いて来る。声は、暫らく止んだ。静寂は以前に増し、冴え返つて張りきつてゐる。この山の峰つゞきに見えるのは、南に幾重ともなく重つた、葛城の峰々である。

まさにこの文のような神妙な山容がひろがっている。もしかしたらここにいれば小説のように白い布を頭に巻いた九人の山伏が、こう　こう　こうと呪文を唱え現れるのかもしれない。

足を引きずり、ふらふらしながら麓に下りると、鳥谷口古《とりたにぐちこ》墳《ふん》が見えてきた。大津皇子の遺体がここに埋葬されているのだ。山頂の墓は墓碑だけで、ここに横たわっている家形の石室が皇子の本物の墓だ。この小高い丘の古墳がそうなのだ。

すっかり暗くなってしまったのでセーターを羽織り、ヘッドランプを照らす。最後にもう一度『死者の書』を開き、最後のページを読みふけっていると、不意に肩から青白い手がすーっとのびてきた。振り返るわけにはいかない。振り返ればその手に持っていかれてしまう。

「私はまだこれから大事な當麻寺に行かなくては」なんとか声を振りしぼってそう言

うと、手をのばした人物は、あっしあっしと足を踏みならし、

「ここが皇子の墓だと今まで誰も知らなかった。それをよくも見つけたな」

こう　こう　こう――

冷たい手が首をゆっくり締めつけてくる。蓮の茎で織った布のざらっとした手ざわりと神秘的なにおいがした。

かぎろひ

「かぎろひを観る会」が、毎年陰暦十一月十七日の早朝に奈良県宇陀《うだ》市の「かぎろひの丘万葉《おかまんよう》公園」で開催される。第三十八回をむかえる今回は、平成二十二年一月一日、午前四時から六時三十分までおこなわれる。全国から集まった人々は焚火を囲み、葛湯、芋汁をすすりながら、万葉の昔をしのんで早朝のかぎろひに期待をこめるのだ。

東《ひむがし》の　野にかぎろひの　立つ見えて
かへり見すれば　月傾《かたぶ》きぬ

東の野の果てにあけぼのの光が見え、振り返ると月が西の空に傾いている。

万葉集の中でももっとも有名な柿本人麻呂《かきのもとのひとまろ》の歌で、「軽皇子《かるのみこ》が安騎野《あきの》に宿られた時に」と題詞がついている。安騎野は現在の宇陀市の山野を指し、「かぎろひ」とは、厳冬のよく晴れた明け方、日の出直前に地平線に赤みを帯びてチロチロゆれる最初の光のことである。

登山をしていて一番感動するのは、日の出を拝む時である。高い山の澄みきった大気を通して眺める御来光は格別だ。まして冬山となれば息が凍るような空気は一段と澄みわたり、朝日の神々しさ、自然界の美しさにザックの重さを一瞬忘れる。

冬山は「ニ・サ・シ」が合言葉である。二時に起きて、三時に軽い朝食をとり、テントをたたみ、四時には出発する。雪山では雪崩の危険があるので、斜面が急でロープを使用するような場合は、太陽が上がり、雪が溶けだしてからでは遅い。

夏山は「サ・シ・ゴ」で行動する。三時に起床、四時にコーヒーを飲み、五時に歩きだすので充分である。冬のほうが体の動きがスローになり、何事にも時間がかかるため、朝は早ければ早いほどいい。

冬山の稜線から「かぎろひ」を見ると、まるで宇宙の深さを教えられるようである。星を眺め、太陽の位置で正しい方位と時刻を知る。こういう時、もの言わぬ山がかけがえのない友のように思える。これまで山に登ってきたことをありがたいと思うのは、四季折々の朝の光に手を合わせられたことだ。ほこりっぽい下界で、かすかな星の光しか見たことのない人は、早朝の荘厳な光のスペクタクルは想像できないかもしれない。それにしても千三百年前の安騎野の空の美しさを思うと胸がいっぱいになる。

ある時「東の野にかぎろひの」の歌をその前の長歌「やすみしし我が大君」からじっくり読み、あらためて題詞「軽皇子が安騎野に宿られた時に」に目がとまった。それまで曙光と月、雄大な自然界の抒情をうたいあげた一首だと思っていたが、何か心にひっかかるものがあった。

それが、『白川静著作集　第十一巻　万葉集』（平凡社）を読んで氷解した。「かぎろひ」には若き軽皇子、傾く月には亡き草壁皇子《くさかべのみこ》が象徴されているというのだ。これは霊を受け継ぐための一つの儀礼歌であるという。単純に、江戸時代に活躍した与謝《よさ》蕪村《ぶそん》の「菜の花や月は東に日は西に」に似た歌だと思っていたが、まったく異なる世界をあらわしていたのだ。

ふだんなら手に取らない分厚い本だが、食い入るように「初期万葉論」を読んでしまった。白川静の万葉論の底にあるのは、「万葉集は呪術的な世界」という思想である。そして呪的習俗として、雨乞《あまごい》、草結《くさむすび》、飯盛《いいもり》、袖振《そでふり》、萱草《わすれぐさ》、衣手翻《ころもでがえし》といった言葉がすべて呪歌になる。なんだか迷路に入り込んだ感じがするが、衝撃を受けた。

白川静の初期万葉論以降、万葉集の解釈が大きく変化してきたが、その強引ともいえる呪歌の取り扱いに戸惑いを隠せない学者も多いはずだ。だが私は白川説に素直に傾倒する。

「天皇霊の継承」という項で、安騎野での冬猟は、単なる野営や季節的な行事とは異なり、より具体的な目的、すなわち軽皇子の立太子、即位の政治的前提として、持統女帝によって用意周到に計画されたのだと述べられている。

この歌のように、東に曙光が立ち、西に月が傾く日が、実際に年に数日あると知って、私はさらに驚いた。別の人が天文台に照会した回答を詳しく載せている。

それによると、その日は陰暦十一月十七日、太陽暦で西暦六九二年十二月三十一日の午前五時五十分頃という。一年のうちで、もっとも夜の長い日の夜明けに、生と死の転換、生命の授受がおこなわれたのだ。おそらく陰陽師と綿密な打ち合わせをしたのだろう。

白川静は、一切の迷いもなく、この説を論じていく。この安騎野冬猟歌において、旅宿りを絶対としたのも、その呪的儀礼が霊の授受を目的としたためである。古代において祭祀は夜をこめておこなわれていた。

ここまで書かれるとぜひとも「安騎野」を訪ねてみたくなる。さらに軽皇子の一行が馬で走った峠の道も歩いてみたい。

京都から近鉄吉野《よしの》線で大和八木まで行き、近鉄大阪線に乗り換え、榛原《はいばら》駅からバスに乗って二十分で阿騎野・人麻呂公園に着く。「東の野にかぎろひ」の歌の碑が立つ丘に登り、ぐるりと見渡すと山また山の丘陵が帯のように連なっている。しかし決して大平原のように広々とした風景ではない。訪ねた時は夏であったが、あたりは冷たい風が吹き、荒涼としていた。軽皇子にとっては亡き父君、草壁皇子と訪れた狩猟場である。人麻呂はこの丘に立ち、

東野炎立所見而
反見為者月西渡

と詠んだのだ。

帰りは一行が馬で来た狛峠《こまとうげ》の道を、ゆっくり三時間半ほどかけて長谷寺《はせでら》駅まで歩いた。狛川《こまがわ》のせせらぎを聞きながら太古の時代を振り返り、万葉集を口ずさむ。万葉の自然はすっかりなくなってしまったが、峠の道を歩くことによって、歌心が少しわかる気がする。もしかしたら草陰に古代の人の足跡が隠れているかもしれない。歌に詠まれた現地を訪ねることは、旅の最大の喜びの一つだ。

さらに感激したのは、宇陀の中央公民館の大ホールに飾られている中山正實《なかやままさみ》画伯の壁画だ。「阿騎野の朝」と題された臨場感あふれる大作である。人麻呂が白い馬に乗り、まさにかぎろひを背に沈みゆく西の月を見ているシーンだ。幅五メートルのフレスコ画から、日の出前の凍てつく寒さと緊迫感がひしひし伝わってくる。

この壁画は昭和十五年につくられ、奈良県の大和国史館万葉室に展示されたあと、大宇陀町に寄贈された。絵を製作するにあたり、画伯は同じ昭和十五年に、五十ページにおよぶ貴重な小冊子（非売品）を残している。この本は歌の背後の関係を実に丁寧に書いており、ぜひとも復刻して出版してもらいたい。

その本を開くと、安騎野の歌が詠まれた場所、当時の服装など、あらゆる見地から研究されており、天文学考証にもページが費やされている。とくに安騎野を中心とした地図に釘付けになってしまった。

大宇陀の町は歴史や文化を残す古い町並みが続き、全体にシンプルな美しさがある。幅が狭い石造りの小路に清らかな水が流れ、京都の町に見られる竹の犬矢来が、道と住まいを柔らかく守っている。

江戸時代には、伊勢の海の幸、吉野の山の幸を都へ運ぶ中継街道として千軒の店があったと言われる。大和郡山《こおりやま》に次ぐ町の大きさを誇っていた。古代には大和と紀伊半島を結ぶ交通の要であり、薬草の里としても有名な土地であった。今でもその名残の家がいくつも残っている。

「かぎろひを観る会」は毎年開かれるが、天候に左右され、かぎろひを拝むことは滅多にできないという。今回は新年に足を運び、空を見つめ静かで落ちついた町を歩いてみたい。

山の
スケッチ帖
2

テントで寝る

　初めてテントで寝たのは高校一年生の時だった。夏にテントをかついで北岳に登る計画を友達と立て、兄の大学山岳部でお払い箱になった古いテントを借りてきた。トレーニングとして庭にその四、五人用ウィンパー型テントを張り、寝袋に入って一夜を過ごした。固形燃料でラーメンを作り、百目ローソクに火が灯ると、気分は山男そのものであった。

　ベニヤ板を四枚に折り畳めるように改造したマットや米軍放出の寝袋を丁寧に修理したりして、山への想いをつのらせた。だが友達と行った北岳は、塩ビのフレームの重さとかさばるビニロンのテント地に泣かされ、山で寝る苦労を思い知らされた。それからは水道橋のさかいやのツェルトで我慢することにした。だが風が吹くと頼りにならなかった。

満足できるテントに出会ったのは、会社勤めが始まった頃に登場したカモシカのエスパースであった。組み立てが簡単で居住性がすばらしかった。いつも一緒に行く仲間とボーナス時に一人五千円ずつお金を出しあって購入した。お金を払うことを拒んだ人と行く時はテント使用料を徴収した。

このエスパースは夏、冬、海岸のキャンプと十年ほど大活躍し、姉の子供が山に興味をもってきたので譲った。

そしてICI石井スポーツのゴアライトの登場である。究極の超軽量をうたい、ヒマラヤ高所の必要条件をすべてクリアしていた。これ以降、テントは目的に合わせて発展し、食事の時は大型テントに集合し、寝る時は一、二人用のテントへと贅沢になっていった。

冬以外は一切テントを使用せず、シュラフにゴアテックスのカバーで過ごす仲間がいた。彼はガツガツと山を越えていくタイプで、山でのんびりするのは性格に合わないという。私も二、三度まねをしてみたが、テントで寝るほうがやはり熟睡できる。

これまでで一番軽く小さいテントは、アライテントのエアライズである。このミノ虫形のテントは本当に手のひらにのる軽さで、しかも三十秒で組み立てられる。

一、二泊の山行ではこれを愛用している。

山の道具は命がかかっているものが多い。山から戻ると、シュラフやザック、テントの陰干しをして、その際に出入口のチャックを点検し、フレームエンドの破損、あるいはペグ、張り綱を手で確認することにしている。山の出発前はなにかと忙しく、テントの点検をしっかりできない。またテントの中での食事は火の取り扱いに注意が必要で、とくにガソリンストーブは火災の原因になる。さらにガスランタン類も危険で油断できない。

大雪山、飯豊山、朝日岳、穂高岳、剱岳……思い出に残る山を数えると、きまってテント山行が浮かんでくる。山の水を飲み、山の風に吹かれ、山に寝ることは、まさに山の自然の独り占めだ。越えてきた峰々を振り返る時、山で一夜を過ごした濃厚な時間がよみがえってくる。

山登りとはすなわち山に寝ること。テントの一夜はすべての心を解放させてくれる。どんなに近代的な山の道具が登場しても、自分の足で、ザックを背にして登り、山で一夜を明かす。このことは今後も変わりようがない。

テントの中でラジオの天気予報を聞き、山の歌をうたったあの青春時代が、私の山の原点である。

山の手帳

新しい年を迎えると、カレンダーと手帳が変わる。我が家には毎年暮れに新潮社から谷内六郎《たにうちろくろう》の小型のカレンダーと和田誠《わだまこと》デザインの大きなカレンダーが送られてくる。この二つはいたって使い勝手がよい。谷内カレンダーは本棚に立てかけ、和田カレンダーは仕事机の横の壁に留めている。

写真も絵もない、一見するとなんとも単純な日にちだけのカレンダーなのだが、原稿やイラストの締切を赤、青、黒のボールペンで書き込んでいくと、美しいカレンダーに変化してくるから不思議である。何年使っても飽きのこないカレンダーをデザインした和田誠さんの才能を強く感じる。

年末から年明けにかけて、本屋や文房具店の店頭には手帳が山のように積まれ、新たな夢をもった人々を待ちうけている。新しい手帳を手にすると、「今年こそがんばるぞ」「ワーッ、九月は五連休かよ」などと新鮮な興奮がブルブルと体を包む。新しい手帳には未知なる期待と汚れを知らない山の空気のような濃い酸素が詰まっている。

だが目眩がするほど多種多様な手帳を前にすると混乱し、とたんに消極的になり「まあいつものヤツにするか」と敗北したボクサーのごとく両手をだらりと下げる。毎日のように開くものなのだからじっくり慎重に選べばいいのに、結局はいつもの無難な黒の手帳を手に背中を丸めて帰途につく。

私はどこに行くにも手帳をポケットに入れて持ち歩くので、「軽い」ことに神経を集中させる。手帳の基本はダイアリーと電話番号、そしてメモだ。次に一カ月のスケジュールが月曜日始まりの見開きで見られるものにしたい。週の始まりが月曜日の形式に慣れているので、日曜日から始まる手帳を開くととまどってしまう。

さらに大切なのは両脇に地下鉄の路線図や新幹線のチケットが入る丈夫なビニールポケットがあることだ。以上を勘案し、薄くてよけいな情報が一切入っていないシンプルなものを選ぶ。出版社や新聞社が作った、一見便利そうだが、ほとんど開かないページだらけの手帳は使用しない。

会社勤めをしていた八〇年代の半ばはイギリス製のファイロファックスに影響され、システム手帳が爆発的に流行した時期だった。丸善《まるぜん》や伊東屋《いとうや》でなるたけ厚いものを探し、聖書のような分厚い手帳をかかえていた。

とくに日本能率協会が発売したバインデックス１０１は出版人、広告代理店などいわゆる業界人の心をくすぐり、あっという間に御用達となった。情報の収納、整理、保存、活用といわば「紙のコンピューター」をめざした恐るべき厚さで、背広のポケットに入らず、男性用のハンドバッグというのか、酒屋の御用聞きが手にするようなポーチを持ち歩いた。だが次に出た電子手帳によって、ずっしり肩の凝る手帳の時代は潮が引くように終焉を迎えた。

私のまわりで手帳を持たない人はいない。打ち合わせ、居酒屋、電車の中と、ことあるごとに手帳を開く。だが妻と息子のそのような姿はこれまで見たことがない。

長く教員を務めていた妻がなぜ手帳を使わないかというと、毎月日程表のコピーを壁に貼り、学校でも机の前に置いてチェックをしているからだという。手帳のことを尋ねると、「そんなちっぽけなスペースには書ききれないぐらいにたくさんの行事がある」と叱られてしまった。

また、息子に関しては「必要ない」のひとことであった。息子のベッドの横に転がったダンボールには大きくマジックで「小川山十一時、ロープ二本」と書かれている。三十年来息子は手帳がなくても何も困ることがなく生きてきた。手帳について追及しても無駄なことかもしれない。

山の手帳といえば戦前から八〇年代後半まで続いた「山日記」が有名であった。この赤い表紙の文庫本サイズの手帳を持つことが山に登る者のステイタスであり、山男

の誇りであった。日本山岳会が編集し、戦後の発行は神田《かんだ》茗渓堂《めいけいどう》で最大部数は一九七五年には四万部をこえたという。

この山日記は高校時代山岳部にいた兄から教えられた。主要山岳の日の出・日の入りの時刻に始まり、山の情報がびっしり入った手帳で、キスリングの横のポケットにちょうど入る大きさだった。多くの登山者が愛用し、山で休憩のたびに行動記録を記入した。山を歩くことは思考することなのか、山に魅了された若者は腰をおろしては山日記を開き、何事かロマンチックな言葉を書き入れていた。

一度、使い込まれた兄の「山日記」を見せてもらったことがある。赤いカバーのとれたなめし革に似た表紙をめくると、小さく書き込まれた文字が美しく並び、まるで芸術作品のようだった。もともと均整のとれた字を書く人であったが、山でも鉛筆の文字は乱れることなく、くっきりと読める。他人に見せることを意識していたはずはないが、山の食糧計画や献立表はそのまま写真に撮って一つの作品としても鑑賞にたえるものであった。

兄は三年前に亡くなってしまった。あの「山日記」を形見にもらえばよかったと今も後悔している。

日本の登山ブームは一九五六年、日本人チームによる世界初のヒマラヤ・マナスル（八一六三メートル）登頂が達成されてから大きなうねりで全国の若者たちにひろがった。さらに井上靖《いのうえやすし》の『氷壁』によって登山人口は倍増した。

今、手もとに一九五九年版の「山日記」があるが、当時の山の知識の充実ぶりには驚いてしまう。三百ページと手帳にしては厚いものの、山への思いが熱っぽく語られ、現在読み返しても古さはまったく感じられない。

この手帳には他の山の雑誌にはない登山行程表がついており、登山者の宝となった。たとえば北アルプスのページを開くと、上高地から徳沢、横尾を通過し、涸沢に行き、奥穂高までの距離と歩く時間が見やすい地図になっているのだ。

当時の若者に歩行時間を合わせており、現在の中高年登山者の時間よりすべて三十分速く書かれているのが興味深い。さらに山小屋の泊まりの料金が八ヶ岳の赤岳鉱泉で一泊三百円、素泊まり二百五十円という安さである。あの頃は山小屋に泊まる人はお米を一人一合袋に入れて持っていく決まりであった。ちなみに現在の宿泊代は九千円で素泊まりは六千円、もちろん米を持っていく必要はない。食事の豪華さは昔とは雲泥の差である。

御茶ノ水駅西口近くにある茗溪堂は現在も山の本の名著を数多く出版し、つい最近もジム・カラン『冒険の達人　クリス・ボニントンの登山と人生』、近藤等《こんどうひとし》『アルプスの蒼い空に』上下、小谷隆一《こたにりゅういち》『山なみ帖　その後』と魅力的なラインナップを出している。

この出版不況の中、現在も山の本の制作販売に情熱をそそぎロマンを送り込む姿は驚くほかはない。八六年の冬には私はアンナプルナ登山隊に参加し、その時には茗溪堂から多大な資金援助をうけた。

山の本の売場にも力を抜いていない。売場はビルの三階なのだが、以前とはちがい、一階の入口がパン・ミュージックに変わってしまった。だが、三階まで上がるとそこは山の空気が昔となんら変わらずに流れている。道路から見上げると「茗溪堂」とキチンと看板があるので、安心してぜひとも立ち寄ってほしい。山の本は売れなくなったというが、この三階に行くと「こんな魅力的な本が」と思わず手を出したくなること間違いなしである。

本は読まれないとただの活字のシミになってしまう。山のことはパソコンより本を開き、地図をひろげ、夢を友と語ろう。

都会では薄い手帳を、山では厚い手帳を合言葉に。

新宿猫町五丁目

ある医師の話が心に残った。末期ガン患者で、いつも窓の外を見ている人がいた。ほかの人がテレビを見たり本を読んでいたりする中、彼はじっと窓側の椅子に座り、病棟の横にある森のあたりを見つめている。奥さんも身近な人もいなくなり、後ろ姿はいくらかさびしそうだが、外を見ながら時おり微笑んでいる。

「退屈しませんか」ある日医師が訊ねた。

「思い出を一つ一つよみがえらせていると、退屈する暇がありません」

「そうですね。充実した日々を過ごした人は幸せですね」

人は死を覚悟することによって初めて真の人生が始まり、葛藤や煩悩も少し薄らいでいくのかもしれない。老年期に入る人にとってもっとも大きな課題は「孤独に耐える力を身につけること」だという。

私は妻から「ケイタイは通じないし話も一切通じない人」と言われてきた。わがままで身勝手だから、過去を回想すると恥ずべき記憶で窒息しそうになる。さらにそうやって昔を振り返るのは老人になった証拠かもしれない。だが、その過去があまりにもバカらしく面白かったら、確かに退屈する暇がない。

新宿猫町《しんじゆくねこまち》五丁目に本の雑誌社があった頃が、もっとも酒を飲み、毎日わけもなく騒いでいた時期である。週に二、三度は朝方まで飲み屋を徘徊し、大声をあげてゴミ箱を蹴飛ばし、角の交番に悪態をついていた。あれから何十年もたつのに、猫町通りはほとんど景観が変わっていない。本の雑誌社があった第二スカイビルは健在だし、洋服のサカゼンビルは元気モリモリのファッションを展開している。裏通りでは相変わらず猫がのんびり昼寝中だ。

児童書出版社に勤めているくせに、しょっちゅう朝方まで飲み、仮病を使っては会社をズル休みしていた。徹夜で飲んだ時は歌舞伎町《かぶきちよう》のサウナか本の雑誌社に泊まった。本の雑誌社の横の道にあった銭湯、能登瀬《のとせ》湯がよかった。煙突があり、唐破風屋根の古典的なお風呂屋さんである。午後三時十分前に開く。下駄箱に靴を入れるのは一番ときめていた。自分が三流な男なので、せめてお風呂だけは一番乗りしたかったのだ。番台でお金を払う時に、できるだけ女湯を覗くようにしていたが、いつも人影はなかった。服を脱ぐところに小さな坪庭があり、そこでタバコを一本吸うのが習わしになっていた。風呂桶は黄色のケロリンの文字が入ったものがきれいに積み上げられていたが、白地に細ゴチの黒字で能登瀬湯と書かれたものがお洒落に思えて愛用していた。

二時五十分に玄関をくぐり、三時ぴったりに湯につかっている。浴槽の壁にかかっている四十二度という針を睨みながら、昨日のことを反省する。

昨夜は、今日こそ家に帰らなくてはと思いつつ、池林房《ちりんぼう》に顔を出したのが失敗であった。何年ぶりかの山友達に会い、ヒマラヤの話に興奮して、隣りの長春館で「八千メートル登頂おめでとう」とビールで乾杯をくりかえし、韓国焼酎ジンロを小瓶とはいえ五本もあけてしまったのだ。そのあとに猫町五丁目のバー猫目に行くと、カウンターの中にいたカナコさんが手招きしている。

「三十ぐらいの美人で性格のいい人とつきあいたいな」と言うと、「わたしじゃだめですか」と猫のように眼を光らせた。

外に出ると朝のひんやりした空気が身にしみた。夏が近づくと四時はもう明るい。眼をこすりながら朝五時まで開いている池林房に戻ると太田《おおた》トクヤがいて、「何しているんですか」と言いながら、二人でまたビールを飲んだ。

開店したばかりの湯船は透き通り、湯がまだかたい。だらけた体にじんじん突き刺さってくる。しだいに眠気が汗と一緒に溶け出していく。こうして湯に人の情が移り、まろやかになっていくのだ。一番湯はけして薄めてはいけない。

お風呂屋の壁絵はやはり富士山がいい。海の奥に松林があり、雪をかぶった富士山がドーンとある。これこそ江戸から伝わる日本の心だ。自前の韓国アカスリタオルで一週間ぶりの垢を丁寧に流すと、体が一瞬軽くなった気になる。こうなれば夕方からの酒も一段とうまくなる。酒が入ればこっちのものだ。クヨクヨ考えていた会社のことは明日にも辞表を出してやると勇気百倍。

いいかげんな男が変に後悔して、「これからまっとうに生きよう。家庭をかえりみよう」と思ったとたん事故や病気に見舞われる。自分を信じてそのまま生きるしかない。一日二日会社をズル休みしたからといって犯罪にはならないはずだ。

八階の本の雑誌社に戻ると、社員が無言で割付や原稿整理に忙しく働いている。わざとらしくパンパンと音を立ててタオルの水を切っても誰一人振り向かない。窓側の定位置にタオルをそっと置き、一礼すると、「イラスト早く描いてくださいね」とかすれた声がした。あいつにはこれまでずいぶんおごってきたのに、その冷たい声はないよなと思い、また一礼してエレベーターに乗った。

妻も子もいる身で、性懲りもなく酒を飲みに行こうとしている自分に一瞬愛想がつき真っ暗な気分になりかかるが、エレベーターが開くと「そんなことを思う奴は弱い人間だ」と居直っていた。

体が元気なうちは浴びるほどたくさんお酒を飲んだらいい。楽しいお酒も、からみ酒も「酒で勉強した」という作家は数限りない。だらだら飲み放題の生活も将来は何

かの役に立つ。恋も文学も芸術も酒が最初のきっかけをつくる。その逆はみな不純で不幸な酒になる。

サカゼンビルの裏に、主人は怖いが美味しい蕎麦屋があり、まず冷酒とザル蕎麦で夕方のスタートを切る。蕎麦屋は一人にかぎる。一本分の冷酒を飲み干し、追加すると「これで終わり」と主人の眼が怒っている。蕎麦屋を出て陶玄房に行くと、三日前に暴れるほど飲んだ山の写真家、岡田昇がいた。

「あれ、また」眼鏡の奥が笑っている。横のザックからできたばかりの写真集をいただく。山の写真は見ているだけで気持ちに酸素が入ってくる。穂高、高山植物のチングルマ、川、岩、星とどのページも自然の宝庫である。松本市内から撮った北アルプスの写真を見ているうちに突然その場に行きたくてたまらなくなってきた。

「最後の特急あずさは何時か知っている？」

「たしか新宿を二十一時で松本に二十四時頃に着くやつだと思う」

私は時計をじっと見つめていた。「松本、松本」と遠くのほうで声がした。外に出て静かな公衆電話から自宅と会社に明日も休むことを告げた。また地下の店に戻り、泡盛をなめるように飲んだ。写真集をもう一度ゆっくりめくっていく。

「予約していないけど乗れるかな？」

「お盆時期じゃないから平気平気」

車窓からひろがる夜の町や黒々とした南アルプスを想像した。トロトロ酒を飲んでいると、時間はあっという間に過ぎていく。気がつくとすでに二十時四十分になっていた。

「ごめん、あずさに乗り遅れる」

急いで会計をし、駅までよろけながら走った。

思い切ってグリーン車に乗ることにした。係員に切符を頼むと、すぐに手配できた。車内はガラガラで人影はほとんどない。こうなれば一人で宴会である。出発まで五分もあるので、酒とつまみは売店でごっそり買う。混雑した列車では気がひけるが、広いシートにあぐらをかき、まずは缶ビールから始めた。

酒というのは会う人、店、季節によって味も香りも大きくちがう。中央線のあずさで飲む酒は北アルプスの雪解けの味がする。

列車が八王子《はちおうじ》を過ぎると気分は宮沢賢治《みやざわけんじ》の『銀河鉄道の夜』である。水晶のような白い光が車窓から次々に飛んでいく。窓に顔をぴったりくっつけて「次は銀河ステーションだ」とひとりごちた。小さなプラスチックのグラスにウィスキーをたらし、「松本にはもうリンドウの花が咲いているかな」と思いながら、疲れがドッと出てきて、寝入ってしまった。

ゆれる丘

波うつ大地

町田市の郊外に住んで三十数年が過ぎ去ろうとしている。幼い頃から都心に住んでいたため、引っ越した当初、町田は遠く不便な街であった。都内の会社まで出勤するためにはバスに乗り小田急線からＪＲに乗り換えなくてはならず、朝七時に家を出ないと遅刻になる。毎日の通勤がしだいに苦痛になり、十五年間勤めた児童書出版社を退職した。

町田市は大部分が丘陵地帯で、谷戸《やと》と呼ばれる細長い谷によって土地が出来上がり、見渡すかぎり小さな丘が続いている。

だらだらと際限のない丘のひろがりは街の発展を阻む。学校や住宅、道路を造ろうとしても、まずは傾斜地を大造成しなければ平坦な土地は確保できない。道路は蛇のごとくうねり、トンネルが多く、工事に時間とお金がかかる。公共下水道も市街地では完了しているが、細長い谷戸の奥の集落や雛壇式の傾斜地の住宅は技術的にむずかしい問題を残しており、これからの状態である。

私の家は小高い丘の上にあり、トンガリ屋根のために遠くからもすぐにわかる。屋根が赤かったらいっそう目立ったことだろう。

娘や息子が通った小学校が選挙の際の投票所になっていた。ある選挙の帰りに、自分の家を見ながら戻っていると、親子連れが我が家を指さし「ああいう家は台風の時に吹き飛ばされる」と笑っていた。確かに台風で家がぐらぐらとゆれ動く恐怖を何度か味わった。長雨の時は地盤がゆるくなり、いつか崩れるのではと心配になることもある。

家にたどり着くにも毎日のように急な坂を上り下りしなくてはならず、私のような年寄りにはこれから住みづらい地域になるかもしれない。

逆に丘陵地帯のすばらしさは、なんといっても緑が多く残っていることである。豊かな雑木林が季節の移り変わりに合わせてさまざまな表情を見せてくれる。丘から眺望する丹沢や富士山の山並みは、冬の晴れた日などまるで手に届く近さに見える。丘陵地帯には日本の原風景ともいえる田んぼや畑が少ないながらも残されている。

ある作家が、町田市の郊外は奈良の田舎にひどく似ていると書いていたが、何度か奈良を訪ねた身にはうなずける言葉である。

町田は縄文・弥生時代の遺跡が数多く発見され、歴史や伝統に彩られた街でもある。中世の道、旧鎌倉《かまくら》街道がいまだに市民に利用されている。源頼朝《みなもとのよりとも》が幕府を開いて以来、各地から鎌倉につながる道で、徳川《とくがわ》家が江戸を政権の中心にするまでおよそ四百年にわたって人馬に踏みしめられた。古道筋には武将にまつわる伝承が残され、我が家の本棚にも「鎌倉街道伝説」のコーナーがつくれるほど本や写真集がそろっている。また、鎌倉街道は「すわ鎌倉」「いざ鎌倉」の合言葉で騎馬が馳せ参じる軍路でもあった。最短の距離を走るために直線が多く、坂道や堀切状の道が続いている。家の近くに七国山という小高い丘がある。標高一二八メートルと低いが、多摩丘陵を越えて遠くに起伏する秩父、丹沢の山並みが見渡せる。新宿副都心のビル群も目に入る。七ヵ国を展望できることから七国山と呼ばれるようになった。その山に至る途中の坂にあるのが鎌倉井戸。深さは約四メートルで、今ではすっかり涸れ、土と落ち葉でふさがれているが、新田《にった》義貞《よしさだ》がこの井戸で軍馬に水を与えたと言われる。

　この七国山一帯が、私の休日の散歩コースである。一般的に散歩といえば一時間くらいを指す。三時間をこすと「散策」になる。子供が小さい頃はしぶしぶ散歩についてきたが、ぶらぶら歩きが半日も続くと、家族の者は「くどい」と怒りだし、気がつくと一人になっていた。

　まずは町田ダリア園を見てから七国山をめざす。鎌倉井戸は何百回も見たが、通るたびに立ち止まる。案内板を読み「ここが幻の古道か」と腕を組んで、鬱蒼とした木

立に囲まれた薄暗い小径に軍馬の蹄を追う。

　こころみ農園、町田ぼたん園、野菜が安い七国山ファーマーズセンター、民権の森、ふるさと農具館、町田市フォトサロン（秋山《あきやま》庄太郎《しょうたろう》美術館）、薬師《やくし》池《いけ》、町田リス園など、一日中歩くとかなり疲れ、団地の近くの飲み屋で一杯酒を飲む頃には、とっぷり日も暮れている。散歩の途中で立ち寄りたい場所があまりにも多いのだ。

　道路から一歩はずれて旧道を歩けば、丘陵をぬう小径、秋には軒下に柿をつるす農家、土蔵、屋敷林、小川、さらには江戸時代の苔むした石仏など、懐かしい風景に出会う。町田は歴史のある街だけに、石仏の数も種類もとくに多いと言われる。

また、町田は乾物の街でもある。市内の通りを歩いていると創業明治三十年代といった乾物屋がたくさんある。昆布や煮干し、鰹節などの海産乾物から、干し舞茸、ドライフルーツまで驚くほど豊富な品ぞろえである。

町田街道、鶴川《つるかわ》街道、鎌倉街道、成瀬《なるせ》街道と、町田は交通の要所として栄えた。東西文化交流の拠点であり、古くから市が立っていた。旅人たちにとって保存食は命綱である。地元の人々は、収穫物でせっせと乾物をこしらえ、お金に換えてきた。町田に乾物屋が多くなったのは必然的なことである。

その後日本の鎖国が解かれ、横浜港が開港されると、輸出品の花形である生糸の運搬が爆発的に増加した。産地である長野や山梨、八王子から商人たちが横浜港に続々と詰めかけ、その輸送路は「絹の道」日本のシルクロードと呼ばれるようになった。

町田駅の駅前広場には「絹の道」の碑がある。人通りの多い場所だが、気がつく人は少なく、酔っぱらいが体をぶつけて「邪魔だなあ」などと怒っている。

そして町田といえば馬肉料理「柿島屋《かきじまや》」が有名である。創業が明治十七年というから古い。八王子と横浜を結ぶ「絹の道」の中継点で、もともと初代店主は荷馬の休憩、交換所をしていた。動けなくなった馬の肉で蕎麦を出しはじめたのが由来だという。

この店に私も三十数年休むことなく通いつづけているが、いつも「うまくて安くて早い」とうなずいている。
馬肉、しらたき、ゴボウ、多摩名産の豆腐、ぶつ切りのネギが入った桜鍋が千円とはあまりにも安い。とかく老舗の看板を振りかざすところは値段が高いが、ここは庶民的で納得できる会計である。秘伝の少し甘い味噌ダレが煮立った鉄鍋を前にしていると、よだれが出てくる。

さらに午後四時から営業しているのがうれしい。土日、祝日は十二時からとなおうれしい。店は居酒屋というよりも食堂風で、女将さんの人の好さが働いてる人たちにも乗り移るのか、厚い木のテーブルとともに、まことに気持ちの落ちつく店である。

食通の池波正太郎《いけなみしょうたろう》が店を推薦する際に「変わらぬ味で」と書くことがあるが、もしかしたら柿島屋も明治時代から変わらぬ味を守り、評判を得てきた店なのかもしれない。

柿島屋の名物にもう一つ、焼酎の「梅割」「ブドウ割」がある。飲む者を夢幻の心地に導いてくれるが、この焼酎も三杯までで、それ以上頼むと「お帰りにはお気をつけて」と肩をたたかれる。

ある日、梅割を飲みながら、年季の入った鉄鍋をなんとなく眺めていると、馬の絵が彫られているのに気づいた。思わず「馬が」と指さすと、店員さんは静かに笑っていた。

町田を訪れた友達を柿島屋に連れていくと、きまって満足して帰っていく。私は町田から丘陵と柿島屋が消えたらすぐさま引っ越すつもりである。

そして、あれほど町田を嫌っていた娘は、駅の近くに小さな部屋を借り、カタツムリのように暮らしている。山小屋のアルバイトから戻ってきた息子も、これまた近くの団地に引っ越していった。

この町に一度住んだ人間は離れられないのだろうか。人はみな町田を愛し町田の水を飲み、やがて町田の土に戻り、一生を蝉のごとく終わるのだろう。

イルカ丘陵の出発

都内にある仕事場兼事務所をたたむことにする。児童書出版社を辞めフリーのイラストレーターになって二十数年たつが、仕事場に積み重なった膨大な紙の山に、初めのうちは手がつけられなかった。

仕事柄、当然のように絵本や画集や写真集が多い。海外で購入した貴重な洋書が天井まで届く本棚にびっしりと重なりあっている。すべて古本屋に引き取ってもらいたいが、まずこれが難航した。最近の目方ではかる古本屋ではあまりにも悲しい。一冊何万円もする絵本もたくさんあるのだ。うれしいことに都内の古書を扱う洋書屋さんがまとめて面倒をみてくれた。

建築やお寺、仏教関係の本は仕方ないので「目方」方面にお願いした。山岳書や郷土史類は専門店に送った。しかしまことに現実は厳しく、大金を出して必死になって探して買ったわりに、売る時はわずかなお金にしかならなかった。

本の次は二十数年間のイラストやカット類である。ロクな仕事をしてこなかっただけに、二度と目にしたくないイラストが紙袋に押し込められている。しかし「作品まで捨てることはないだろう」という友達の忠告を受けて、本の雑誌社に引き取ってもらうことにした。

そしてスケッチブックや筆記道具、文房具類の多さに唖然とする。海外に出るたびに、その国のスケッチブック、鉛筆、万年筆、水彩絵の具を手当たりしだいに買い集めてきた。色鉛筆のセットなどいったい何組あるのだろう。久しぶりにそいつらをひろげてみると、どれも思い出がつのり、愛おしく胸がキューンとなる。子供が小学生の時に使っていた教科書を妻が今でも大切にしているように、スケッチブックも旅先の絵を描いてあるものは捨てられない。

仕事場に行くたびに「あれもこれも片づけなければ」と気持ちは焦る。確かに本にも賞味期限がある。何年も開かなかった本は捨てるしかない。そうはいってもいつまでたっても紙類が片づかない。ある友人は「六十歳を前に、オレは書庫をすべて整理して再出発した」と明るく笑っていたが、私はまだ本棚の片隅でじっと本を胸にかかえている。

昨年の暮れに、四つ歳上の兄が冬の青い空にすーっと消えるように息を引き取った。初夏から癌に冒され、都内の病院に見舞いに行くたびにやつれ、「あと十年は生きた

い。残してきた論文をまとめなくては」と言っていたが、それまでのアルコール漬けの生活がたたったのか、げっそりとやせ衰え病院のベッドの上で六十四歳の生涯を閉じた。

　これまで両親をはじめ、親しい友人の葬式に何度も参列したが、兄の死ほどさびしく身にこたえたことはなかった。葬儀会場には兄の好きだったショパンのピアノ曲が流れ、手を握りしめいつまでも泣いていた。

　幼い頃から兄の足跡を追って育ってきた。何事にも優れた兄をいつも尊敬していた。学業だけは見習うことはできなかったが、兄のまねばかりをして成長した。

　兄の書く字が好きだった。勉強のよくできた兄は、綺麗なクセのない字を書いた。丁寧な文字を見れば、凡帳面な横顔が浮かんでくる。

兄の字には独得の風格があった。「書は人なり」という言葉があるが、昔から立ち位置を心得ている人、自分の仕事をきっちりとした人の字はバランスがいい。兄は大学の経済学部の教授をしていた。

しかし同じ人間でも、年齢やその時々の状況によって、文字を崩してしまうことがある。

あれほど美しい字を書く兄が、そのバランスを崩すような生活に入ったのは五十を過ぎてからである。客員教授としてドイツに二年間赴任し、日本に戻ってきたあとアルコール漬けになった。自宅とは別に仕事場として借りたマンションで朝から何も食べずウィスキーを飲んでいたという。

兄の葬式の時に、二人の妹たちと何年かぶりで会った。それまで両親の墓参りの時ぐらいしか顔を合わすことがなく疎遠になっていたが、妹たちもすでに六十歳近くなり、初老の表情を見せていた。そして兄について「このところの生活は見栄を張ってお酒におぼれていた」と意外なことを口にした。私は自分が結婚してから、兄の生活をほとんど知らなかった。

私が兄に一番影響を受けたのは山登りであった。小中学生の頃から奥多摩、丹沢とよく連れていってもらった。高校の山岳部に入った兄は休日になるといつも大きなザックを背に山に行っていた。地図の横に兄の丁寧な字で書かれたコース案内を追うのが好きだった。

『処女峰アンナプルナ』『わがエヴェレスト』『星と嵐』『アルピニストの心』といった山岳書の名作を兄から借りて、私も布団の中で読みふけっていた。兄の本棚には胸を打たれる作品がずらりと並んでいた。

そんな兄が亡くなると、自宅、仕事場のマンション、大学の研究室のそれこそ膨大な本がそのままになった。これらはすべて遺された家族が片づけなければならない。おそらく身内の者としてはそう簡単に片づけることはできないだろう。といっていつまでも置いておくこともできない。

兄の死によって私も「思い切ってこれまでの生活に見切りをつけよう。整理整頓をしよう」と思うようになった。今まで町田から都内の仕事場に電車や車で週三回ほど出ていたが、通勤に一時間半もかかるとしだいに面倒くさくなる。すでに年金生活に入ったので、もうたいした仕事もこないだろう。これからはわずかに残っている力を振りしぼって生涯の仕事の頂点をめざして進むしかない。

それは多摩丘陵の自然を絵に描くことである。田舎暮らしは居酒屋も本屋もカメラ屋もないが、多摩には大型の電気店があり、さらにまだ自然も残っている。

もう都会の生活に未練はない。多摩地区の緑地は激減したものの、まだタヌキが暮らせる昔の里山はある。山登りにも旬があり、若い時は穂高や谷川岳の岩場に目をそそいできたものだが、六十歳を過ぎれば里山の雑木林を歩く時が一番気持ちが穏やかになる。

多摩の自然は年々区画整理で宅地に変わっていく。農家もせっかく代々耕してきた土地を相続できず手放す。

だがここにきて人口が減少してきた。もう大型のブルドーザーで雑木林や山を削る必要はない。地域や家のまわりに里山や田畑が残っていることは、多摩丘陵の住民たちにとって大きな恩恵になるはずである。

都心に通うには不便な土地だったが、これからは逆に都会の人があこがれをもって多摩丘陵に遊びに来ることだろう。多摩丘陵と南の果ての三浦《みうら》丘陵まで続く約七十キロを緑の遊歩道として結ぶ動きもある。この地域は地図で見るとイルカに似ていることから「イルカ丘陵」とも呼ばれている。このイルカ地域をじっくり歩き、絵を描いていきたい。

里山が今人々を惹きつけて見直されているのは、単なる懐古趣味からではない。都会で始まっている大型再開発は、都市を金のない人や老人を追い出したツルピカのビル群の効率だけの街にしてしまった。多摩丘陵のコナラ林を散策すれば、そのやすらかなにおいや風に心身が和むことであろう。

私はこれから多摩丘陵のタヌキを生涯の友とし新たな出発をする。近くの七国山に毎日走って通いひそかに体力を蓄えている。

兄の死によっていろいろなことを教えられた。「天命」という言葉が頭をよぎった。幸せに生きることは幸せな死に方を見つけることだ。妹たちは兄の死を「残念だ」と何度も言っていた。「もっといい仕事ができた人だったのに」とも。だが本当にそうだろうか。神はその人に見合った生涯しか与えてくれない。

早朝に多摩丘陵を犬と散歩することがよくある。朝靄がかかった雑木林の風景はまるで墨絵で描かれた浄土の世界のようだ。もしかしたらもっと色彩に満ちた世界もあるのかもしれないが、そんな空気に触れると私は思わず両手を合わせ雑木林に頭を下げる。人は老人になると死に場所を探すように旅に出るというが、里山を歩いていると不思議な感覚に包まれる。

　兄が病院で「また山の青い空が見たいな」とつぶやいたことがあるが、きっと今頃、友人とのんびり山を歩いていることだろう。

夢のホテル暮らし

都内の仕事場を引き払うことにしたが、どうしても処分できない絵本、美術書、図録、額に入った絵画、版画道具などがかなりの量になる。ならば自宅のそばに小さな部屋を借りるしかない。今流行している安いレンタル倉庫もあるが、一度預けてしまえばおそらく二度と行かなくなってしまうことだろう。

家を建てる時にお世話になった不動産屋に久しぶりに顔を出すと、「家賃は都内の半分で倍の広さが借りられますよ」とうれしそうにもみ手をした。

「ワンルームマンションでいいんです」

「物件は山のようにありますよ」

不動産屋の主人は地図をひろげマーカーでどんどん印をつけていく。家から近いところで、町田、淵野《ふちの》辺《べ》、相模原をチェックする。最初のうちは「倉庫がわりに」と思っていたのに、熱の入った主人の話に、こちらの要求もしだいにエスカレートしてきた。

大きな絵を描くために車を使うので駐車場があると便利、できれば日当たり良好で、欲を言えば富士山が眺められる見晴らしのいいマンション。

すると主人は「うーん」とうなったきり、しばらく黙ってしまった。そして「このマンションがいいんですけどね」とマーカーで二重丸をつけた。

家から車で十分ほどの高台にあるマンションである。「ただね、この辺はドロボーがやけに多いんですよ」声をひそめて言う。「なにしろ車の盗難が日本一というエリアなんです」

「なぜですか？」

「さあ。とくに高級車が多いわけではないのですけどねえ。まあ組織的な窃盗団もここにきてだいぶ逮捕されたので、少しは安心ですが」

話を聞くほどに私の気持ちは暗くなってきた。しかし主人は「家探しにあせりは禁物。時間をかけてゆっくり探しましょう」「いい仕事をするためにはいい環境は絶対必要です」「まあ任せてくださいよ」と熱っぽくたたみかけ、大量にマンションのコピーとチラシをくれた。

次の週から、暇にまかせてマンション探しが始まった。深夜まで仕事をすることがあるので、できたら自宅へは車で帰りたい。となるとどうしても駐車場が必要になるのだが、これが意外とネックになってくる。

さらにこの際だから海が近いところをと、湘南《しょうなん》や鎌倉、葉山《はやま》まで探索をひろげた。地元の居酒屋も大事な要素だ。春はぬる燗にメバルの煮付け。夏はビールに冷奴、カツオのたたき。秋は秋刀魚の塩焼き。冬は肉豆腐と、飲み屋のことを考えると頭の中はいっぱいになる。酔ったら仕事場で寝られるように、折り畳みベッドも導入しよう。

四季を楽しむ居酒屋を探すなら、徐々に三浦半島にポイントが絞られてくる。車を使えば一時間はかからない。鎌倉、逗子《ずし》、葉山、横須賀《よこすか》と、片っ端から飛び込みで不動産屋に突撃していった。

そんなおり、三浦半島の突端に住む知人から興奮気味の電話が入った。あるホテルが一カ月単位で部屋を貸すというのだ。それも料金が驚くほど安い。最近はホテルの乱立で客が少なくなり、出張族のために一週間、一カ月といった単位で部屋を貸すホテルが多くなってきた。食事はつかないが、頭金はなし、マンションを借りるより格段に安い。

「ホテルで仕事か」

ひと昔前は、流行作家がホテルでカンヅメになり、原稿用紙に向かっている写真が週刊誌のグラビアなどを飾っていた。なんだかそこだけゆるやかで贅沢な時間が流れているようで羨ましかったものだ。

「とりあえず短期貸しのホテルも検討したら」とすすめられ、体験宿泊をすることにした。

しかし、明るい気持ちで向かったホテルは、全体に薄汚れ、三十年前まで人気のあった地方にあるグランドホテルのような、やたらと玄関まわりだけが広い建物であった。おまけに、ロビーに自動販売機がまるでロボットのようにずらりと並んでいるのだ。

部屋の中は予想以上に狭く、いわゆる安いビジネスホテルと変わらなかった。テレビの画像には横線が入り、カーテンを開くと隣りのビルの壁で、期待の海は眺められない。

「ここに一ヵ月か」さびしくて涙が出そうになってきた。

机の中には「当ホテルはすべてセルフサービスになっております」と日本語、中国語、韓国語で書かれた紙があった。

「まあとりあえず一泊だけ」気を取り直し、フロントに部屋のキーを持っていくと、「短期体験宿泊の方は夕食がついております」とチケットをくれた。確かに十階にレストランがあるが、夕食でもバイキング形式であった。味は保証できないはずだ。

それはエレベーターの前の電球が切れていたことからもわかる。このホテルの気怠い、やる気のない空気はいったいいつから生まれたのだろう。おそらく三十年前までは三浦半島のトップクラスと言われたホテルのはずなのに、すり切れた赤い絨毯が痛々しい。

「ぶらっと外に出て一杯やってくるか」

だが案の定、ホテル近くの商店街はまだ夜の七時というのにどの店もシャッターが降りていた。せめて本屋でもと思ったが、開いているのはパチンコ屋だけである。それでも探すと赤提灯の飲み屋があった。

知らない居酒屋に入るのは勇気がいる。まして一人では酒を前にしても間がもてないことがある。

この前見た雑誌に「こんな居酒屋に入ってはダメ」というページがあった。入口に熱帯魚の水槽とおしぼりの箱がある店、テーブルがプラスチックの店、店主が野球帽にTシャツ姿の店、云々《うんぬん》。

店の自動ドアを開くと、入口のカウンターに熱帯魚の水槽があった。店内には歌謡曲がかかっており、客は誰もいない。汚れたTシャツに野球帽をかぶった親父と娘が「らっしゃいー」と声を合わせた。

座敷に座ったら簡単に逃げることはできないと思い、カウンターに腰かけた。手書きのお品書きを見て「やりいか煮」を注文する。親父によく似た赤ら顔の娘がうっすら笑い「売り切れです」と言った。

三浦の地ダコとぬる燗を注文して、しばらく瞑想にふけっているうちに「おまちー」と日本酒が置かれた。さわってみると「あちち」の熱さであった。

「バカ娘め、ぬる燗と言ったろう」心の中でじっと耐え、一杯口にする。「酒はうまいなあ」また眼を閉じ瞑想にふけっていたら、今度は地ダコが出てきた。箸をのばす。コリコリして美味しい。

酒、地ダコ、酒、地ダコとくりかえしていると、「お客さん、隣りのホテルのお客さん？」と娘が呼びかけてきた。驚いて思わず見返す。「履き心地よさそうな革靴を履いているから。地元の人はみんなサンダルだよ」

「お客さん、あのホテルは自殺者が多いんだよ。気をつけな」

「…………」

Tシャツ親父がトックリをお酌しながら「先週、支配人がホテルの裏で首吊りをしたんだって」とさらに続けた。「確かに何が起こるかわからないあやしい感じがありますね」と心の中でつぶやく。

沈黙したまま、「焼蛤」を注文した。「焼蛤は韓国産の地蛤だよ」あっけらかんと笑い声が返ってくる。

三寒四温の時期である。あたたかい日本酒を飲んでいるのにやけに体が寒く感じられる。

「お客さん、ストーブに火をつけようか」親父がまた声をかけてきた。「まだ花見前なのに、暖房を入れてなかったのか」半袖Tシャツを信じられない思いで見る。

視線をどう受け取ったのか、親父は腕組みをしながら横須賀と三浦半島の歴史について滔々《とうとう》と語りだした。娘が一つ一つ神妙にうなずいて聞いているのが奇妙だ。

「……浦賀《うらが》と久里《くり》浜《はま》は江戸時代末に日本とアメリカの外交折衝の場でもあった」と話を締めて、「お客さん、ぬる燗もう一本いくかい」と尋ねてくる。私は黙って深くうなずいた。

「私のところは酔っぱらいはお断りですからね」トックリを出しながら、親父が釘をさした。

山のスケッチ帖
3

メガネの予備は必需品

山の装備の中にメガネの予備を挙げるのはどうかと思われるかもしれないが、レンズの度の強い人にとってメガネの破損は生死を分ける問題になるから、メガネの予備は必携品といえる。

私の場合、車を運転する時にメガネがないと不安になるが、メガネに頼りきりというわけではなく、弱い近視といったところだ。

しかし、長い縦走やテント山行の際は、必ず予備のメガネをハードケースに入れ、ザックのポケットに注意を払ってしまう。さらにヒマラヤトレッキングのような時はツルやレンズが破損した場合に備え、極細ドライバーやテープも持っていく。雪の出てくる高所になるとサングラスのつけ方にも慎重になり、ツルに大きくガムテープを張って、雪面反射による紫外線が横から入るのを防いでいる。

山でメガネを壊すのは、たいていテントの中でのバカ騒ぎか忘年山行のキャンプ場でのことで、どれも酔っぱらった時と相場がきまっている。酩酊してメガネをしたままシュラフにもぐり込んでツルを折ったりレンズを壊したりと、ロクなことがない。飲む時はメガネをはずせばよいのだが、気づいた時はすでに酔っぱらって眼がトロンとしているので、メガネをはずすと歩行困難におちいる。

ふだんテントで寝る時は天井の紐にメガネを引っかけてシュラフに入るが、外での夕食や宴会の時は要注意である。

私も歳をとり、遠近両用メガネ、読書用メガネ、度入りサングラス、それに予備を入れるとメガネの数がやたらと増えている。酒の量はしだいに下降線をたどるが、メガネの予備の持ち忘れと破損は増えてきた。

四十歳の頃に大きな山の事故を起こした。ヨーロッパアルプスのアイガーヘルンリ稜を登り、西壁を下降中に滑落したのだ。

一瞬これから自分は奈落の底に落ちるとはっきり覚悟した。だが偶然にも岩棚に引っかかるようにして体が止まった。自分の体がドスンと大きな音をたてたことは覚えている。しかし、しばらく意識がなかった。額と両腕から血が流れていたが、痛みはまったく感じなかった。つくづくヘルメットをしていてよかったと思って振り返ると、体が雪面や岩屑の上を滑って回転した時にメガネがどこかへ飛んでいってしまったことに気づいた。

「あぁ生きていられた」

メガネのない眼で、雪と岩だらけの風景をしばらくボーっと見つめていると、上のほうからリーダーの大蔵喜福の声がした。人が動いたためか落石が発生し、私は岩陰に身を隠して落石がおさまるまでヘルメットの紐を強く引っぱっていた。やがてリーダーが「オーイ」と声をかけながら近づいて、「よかった」と言って両腕をのばしてきた。なぜだかわからないが、大粒の涙がとめどもなく流れた。

仲間の素早い連絡によって山岳パトロールのヘリコプターが救助活動に入り、私は地元の病院に搬送され、さっそく手術室に運ばれた。スイス人の医師に「何か欲しいものは？」と尋ねられた時、予備のメガネが登山口のホテルにあると伝えた。そして次の日に友達がメガネを届けてくれた。

病院の窓を開けると大きなまんまるの月が出ていた。そっとメガネをかけ、いつまでもその月を見つめていた。

あこがれの別荘

仕事場の片づけが本格的に始まった。当初は一ヵ月もあればきれいに、すべてが終わると考えていたのだが、いまだに引っくり返ったおもちゃ箱の前で茫然と立ちつくす状態が続いている。本については「とりあえず古本屋さんに引き取ってもらう」と素早く結論したのだが、机や棚やダンボールの奥にしまい込まれた小物類の始末が悩ましい。

事務所を持ってから二十数年分のこまごました物——額に入った絵、海外で買った水彩道具、版画道具などが、次から次へと魔法のように出てくるのだ。

ことに大量の写真にはお手上げである。こまめにアルバムに整理をしていればこんなことにならなかったのに、海外旅行、登山、バンド活動、個展の写真と、その都度袋に入れっぱなしのまま放り出してきたので、あまりの量にたじろぐしかない。

二十年以上前の懐かしい写真を見ると、友達も自分も若く、中にはすでに亡くなった人もいる。

「みんな若かったなあ」床にあぐらをかいて丁寧に写真を見ていると、思わず涙が出そうになる。こういう時は時間があっという間に過ぎてゆく。エプロンがけで毎日けなげに片づけに励んでいるアシスタントの眼がだんだん険しくなってくる。だが、写真は本のように思い切って始末できない。

さらに二十年にわたりあれこれと買い求めてきた文房具の量に、これも啞然とする。机の抽出しから取り出してみると予想もしなかった多さだ。

万年筆、ボールペン、シャープペンシル、マーキングペン、インク、墨汁、消しゴム、修正液、ポストイット、セロハンテープ、FAX用紙、小型カメラ、スタンプ台、クレヨン、糊、接着剤、カッターナイフ、ハサミ、手帖、鉛筆削り、ゼムクリップ、電池と、夏の日に地面から顔を出すアリのごとく際限なく出てくる。

いつ果てるとも知れない大量のガラクタと格闘しながら、本棚を見渡してつくづく感じたのは、自分という人間が、文学、音楽、登山、絵画といったものを勉強し追い求めるのではなく、うわっつらをなでただけで中途半端にやり過ごしてきたのだということだ。

もしかしたら、私は読むわけではなく、ただ本の前でゴロゴロと過ごす時間が好きなのかもしれない。美術書や建築書が積み上げられた書店にいる時が一番心が落ちつく。

都内の仕事場を引き払うとなると、どうしてももう一軒部屋か家を借りるしかない。この一カ月間、住宅情報誌をめくって物件を見てまわったり、顔見知りの不動産屋の紹介でマンションを内見したりしたが、答えはしだいに「海が見えて、山々に囲まれた一軒家」と贅沢になってきた。

どうせなら今流行の、人と地球の両方にやさしい暮らしを志向する「ＬＯＨＡＳ」をめざしたい。野菜は農薬を使わない家庭菜園で収穫し、自家製のベーコンを作る燻製セットを庭に置くのだ。

書店に行くと、団塊世代七百万人がここにきて大量定年になるので、「新しい田舎暮らし」「定年後は里山に別荘を」「湘南物語」「失敗しない田舎えらび」といったタイトルの本や雑誌が山のように出ている。

誰しも定年後は自然の豊かなところで暮らしたいと願う。近所の酪農家から分けていただいたチーズを食べ、新鮮な牛乳を飲み、元気をつけたい。そして妻はパンの手作りに励むのだ。

ビールを飲みながらうっとりそんな雑誌を開いていると、

「私は嫌ですからね」

妻は私が指さす三浦半島のグラビアページを見もせずに言った。

「だいたい、こういう浮ついた人はすぐに地元の人を呼んで庭でバーベキューしたがるけど、油でベタベタになった食器をいったい誰が片づけるのよ」

「それにね、田舎暮らしって挫折する人が半分もいるのよ」

「『都会の華やかさ、便利さはないけどたっぷりした自然と季節の風がある』なんてうまいこと書いているけど、私は大型スーパーと大型電器店がないと暮らしていけない体だからね」

「薪割りなんて半日やったら疲れて寝込んでしまうわ」

海に囲まれた夢の生活を妻にいくら話しても、肩をふるわせて反論してくるだけだ。

「別荘ではなく、仕事場として三浦半島に家を借りる」息子や娘に電話を入れると、

「ふーん、じゃあ夏になったら友達と海水浴に行くから」とつれない返事であった。

田舎暮らしといっても都心にも日帰り圏内の三浦半島、葉山あたりが狙い目である。家賃も前とくらべて半分以下の相場だ。その理想の三浦半島で古民家風の家を見つけた。

　葉山は海と山に囲まれた緑豊かな町であり、古くから保養地、別荘地として栄えてきた。温暖な気候と恵まれた環境に惹かれ、多くの著名人が別荘を建てている。そういった別荘地を専門的に扱っている不動産屋が逗子の駅前にあると聞き、桜の咲くある午後に行ってみた。帰りは三浦半島の漁師から直接仕入れる鮮度抜群の活魚料理店

で友人と酒を飲んで帰る予定になっているので、車ではなく電車で逗子へと向かった。

駅前の不動産屋の主人は軽自動車のハンドルを握りながら、「海が窓から一望できて、贅沢な気分にひたれますよ」と細い山道を登っていった。鎌倉や葉山は一般道路から裏道に入ると、とたんに道が狭くなり、すれちがうたびに怒鳴り散らす運転手が多い。

そういえば以前、葉山の海をこよなく愛した石原裕次郎《いしはらゆうじろう》の記念碑の前で鎌倉のゴムゾーリ男と記念写真を撮ったことがあるが、あれもまだ整理していない。

「ここがおすすめの一軒家です」

険しく切り立った赤土の崖の近くに車が止まり、指さされた家に入っていった。

古い家のドアは一度では開かなかった。全体に傷みが激しく、崖下で陽がささないからだろう、空気は暗く、湿っていた。

玄関から畳敷きの部屋に上がると、床がギシギシ音をたててきしんだ。

「ここはいいですよ。ほら、洗濯機や家財道具がほとんどそろってるから、すぐにでも住めますよ」

熱心に説明しつつ、不動産屋の親父が海の見える窓のカーテンを開こうとすると、塩で汚れたカーテンがずり落ちてきた。

「海がいいですよねえ」親父は愛想笑いを浮かべたが、眼は笑っていなかった。

そして、葉山の高台の別荘でちょっと豊かな時間を過ごそうという甘い気持ちは、風呂場を覗いた時に打ち砕かれた。

タイルが剥がれ落ち、裸電球が悲しくぶらさがっている。築四十年という時の重みが、風呂場にのしかかっていた。ここに来るまでは、「夕陽に染まった海を見ながら湯につかろう」と夢見ていたのに。

八畳に六畳とコンパクトな別荘ですので手間もかかりません、と言うが、とてもこんな傷んだ家に一人で住む勇気はない。庭でバーベキューという考えがチラリとよぎったが、外はきつい斜面になっており、椅子も置けない。

「敷金ゼロで一カ月五万円。安いですけどね」親父は各部屋の電灯のスイッチを消し、玄関のドアを閉めた。

食通たちの間でも魚のうまい名店と評判の高い店で、葉山の友人を待っていると、十分ほどして日に焼けた顔がのぞいた。「よう、ごぶさた」

「家どうだった」開口一番訊いてくるので、黙って首を振る。彼は「とりあえず刺身の盛り合わせ」といけすを指さして注文した。

だが刺身の盛り合わせは四千五百円と高い。「イシダイのカマ焼きも時期だから注文するよ」友人はかまわずビールをぐっと飲む。逗子駅前の不動産屋を紹介してくれたのも彼である。

「まあ、焦らずに次も見るといいよ」言いながら、壁のお品書きに目を配ることも忘れない。

「あらかじめ電話しておいたから、今夜は旬の魚をたっぷり堪能できるよ」

「…………」

日本酒に切り換えながら、次々と現れる料理を前に、会計はどのくらいになるのだろうとボンヤリ考えていた。葉山での生活がしだいに遠く思えてきた。

家を造るなら

三度目の家の改築工事が始まった。

約三十年前に町田の郊外に小さな建売住宅を手に入れた。駅からバスで十八分と不動産業者に言われたが、いつ来るかわからないバスを待つと三十分は確実にかかる。都内に出るにはきっちり一時間三十分である。最初の計画ではもっと都心の近くにマンションでもと思っていたが、資金もなく、妻の職場を考えるとタヌキが住んでいる町田の七国山のそばしかなかった。近くにはこんもりとした森やリス園、ダリア園と自然がいっぱいあるが、増改築した家では、庭など犬がやっと通れるほどのスペースしか残らなかった。

台所、風呂場、子供部屋、版画のプレス機を置く部屋、屋根と、元の家の原型はトイレ以外何も残っていない。

駐車場の上にも部屋を造ったが、増えつづける本やがらくたが多いせいか、室内は絶えず片づかず、すっきりしない。壁という壁が本棚に埋まっているので、なんだか

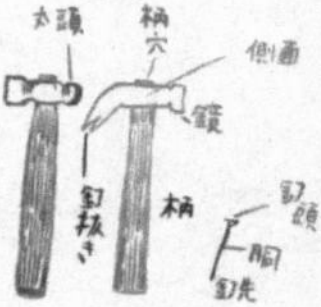

息苦しい。

娘と息子は同じ市内に見え隠れするようにアパートを借りており、山で遊ぶ道具や油絵の道具など、自分たちの荷物は実家に置いたままである。家に立ち寄るたびに片づけてくれと頼むが、「いつ戻るかわからないので置いてくれ」と手をヒラヒラさせ笑っている。

それほど大がかりな改築工事ではないのに一ヵ月ほど鳶職人、大工さんや左官屋さん、電気、塗装、内装業者と入れ替わり立ち替わり人が家にいる。

大工さんは十時、お昼、三時にきっちり休みをとる。無理な働き方をすると間違いや事故も多くなるからだ。小さな魔法瓶にお茶持参で来るので、昔のように気をつかうことはないのだが、やはり休憩時間には「コーヒーが入りましたから」と本格的なドリップコーヒーを差し出す。

大工の棟梁は一服しながら「旦那は毎日ブラブラしているようだが仕事は？」と尋ねてくる。「もう年金生活者だから」返事をすると、「オレも早く足を洗いたいね」とピストルをじっと眺めている。ピストルというのは圧縮空気を利用して釘を打つ、文字どおりピストルのような形の電動工具である。

今の大工道具は電動式のものが多い。電気カンナに電気ノコギリ、そしてピストル。ホッチキスのタマを巨大にしたものもあり、ベニヤ板を壁に打つ時に威力を発揮する。

さらにノコギリも昔のように「目立て屋」に出すことはなく、使い捨ての歯を用意している。大工さんのライトバンにはそんな電動工具が山のように積まれている。

小さなボロ家の改造でも、建築現場は見ているだけで楽しい。大工さんと相談して造っていく過程がなんだか微笑ましい。

「旦那の家の家具は松の木でしょう。どこでつくったの」

「富山のKAKI工房というところで」

「いいよね。こういうムクの木をたくさん使った家具は。今の家は合板ベニヤみたいな木ばかりで、ナラのムクの床なんか珍しいよ」

私は家の改築に際してそれほど多くのことを要求しない。あるとしたら、床には本物のムクの木を使ってもらいたい、ぐらいである。全体に昔の小学校か山小屋風に仕上げてほしい。

大工さんを相手に、建築雑誌に出てくるスッキリした理想の家の話をすると、「でもそんな家見たことないよな」などと電気業者とうなずきあっている。どこの家も物があふれ、片づいていないと言うのだ。

「暮らしや家ってそんなものだよ」大工さんが妙に悟ったことを言う。

何度か行ったフランスの整然とした街並みに感激した話をすると、意外にも大工さんも建築の勉強のためにヨーロッパに行っているという。

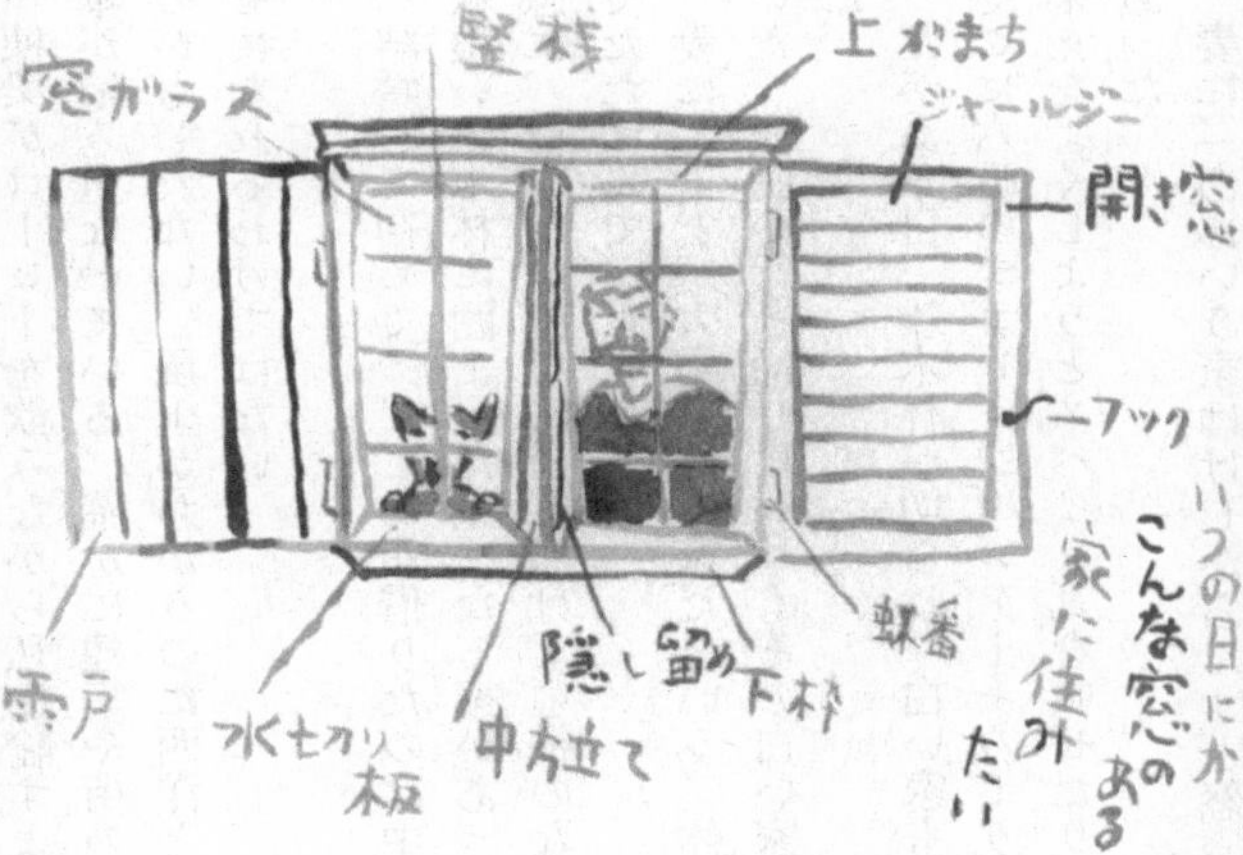

「駅前には電柱もうるさい看板も広告もなく、窓にはきれいな花が咲いている」

「そうそう」

「でもああいう街は意外とすぐに飽きるねえ。日本では窓といえば洗濯物や布団だ」

「……」

「ヨーロッパの都市景観と同じものを日本に期待しても無理」

「……」

「たとえばここの町田の街にしても、一見猥雑で無秩序だけど、意外に活力と柔軟性にあふれているだろう。ヨーロッパでは形式ばかりを追い、日本ではお宅の家のようにつぎはぎだらけでしだいに形をつくっていくのさ。街や家は柔軟性があったほうがいいよ」

棟梁がコーヒーを飲みながら私に諭すように言う。私の本棚には建築や都市計画の本が積み重なっている。確かに建築や街のあり方についてもそう簡単に答えが出ないのかもしれない。風土がちがうのに西洋と同じような形の家を建てたからといって幸せになれるわけではない。

結婚して初めてアパートを借りたのは中央線の国立《くにたち》であった。駅まで行くあいだに緑濃い雑木林に囲まれた気になる家があった。アメリカの映画に出てきそうな大きな窓に、白いペンキを塗った家は、垣根のない雑木林の中にいつもシーンとした雰囲気でたたずんでいた。

妻によると、大学教授の家だという。休日などクラシックの音楽が聞こえたりしていた。通勤の行き帰りにいつもその白い家を眺めて「いつかあんな家に」と夢見ていた。

だがある日、雑木林が切られ、白い家もあっという間に壊されてしまった。やがてそこに六軒のデコレーションケーキのような安っぽい家が建った。どの家の玄関も見栄えをよくしようとスペイン瓦を載せたりしているが、建売業者の魂胆は見え見えであった。

妻に「ああいう家はけしからん」と怒ったところ、「そうかしら、遺産相続で自分だけ広い家にのうのうと住んでいた大学教授が悪いのよ」という思わぬ反論が飛び出した。

家に関しては、その頃から妻と意見のへだたりが大きかった。一度思い切ってコンクリート打ち放しの家に建て替えたいと言ってみたのだが、「美術館で生活できますか」と一蹴された。

「家は人に見せるものではありません。朝早くから働きに出ている人にとって家は和みの場所なのですから、少しぐらいゴチャゴチャしているほうがいいのです」

どうも話が大工さんの意見に近づいてきた。「日本はアジアです。一見無秩序に造られているが、それが住みやすいのです」という方向である。

妻は茶室のような三畳くらいのチマチマした部屋がたくさんある家が理想らしい。壁を多くして閉じることで思慮ぶかい教養が生まれ、断熱性も高まり冬も暖かいという。

私はまったく逆で、すべての風が吹き抜けるようなオープンでシンプルな、外と内の境界がわからないような家が理想であった。

妻は小さな部屋でゴロッと横になりテレビを、しかも一人で見られる部屋が欲しいという。理想は刑務所のような三畳の部屋なのだそうだ。

収納するスペースというのも家の問題を大きくしている。収納場所を大きくすると、それだけどうでもいいふだん使わないものを放り込み、蓋をして安心してしまう傾向がある。

妻がその代表選手である。子供が小学校の時に使っていた教科書なども誰にもわからないようにこっそりとお菓子の箱にしまい込み満足している。

「小さな家だから空間を最大限に活用しないと」などとわかったような口をきくと、

「なによ、その空間って。建築家はすぐに劇的な空間などと言葉を使いたがるけど、大工さんは空間なんて一度も言いません」。

土地も小さくお金もなく増改築をくりかえした我が家は、それでもしみじみと愛しい。黒い犬が一つ一つの部屋を覗き込むように後ろをついてくる時、なんだか意味もなく幸せである。

今までは「光がいっぱい入る家」が理想であったが、改築を進めていくうちに「地震に強い家」に変わっていく。光を採るために窓を大きくすると、すなわち壁が少なくなり、地震に弱くなってしまう。

大工さんは、「まあ、旦那はごちゃごちゃ言わず私に任せてくださいよ」と言って釘を口に入れ、トンカチを片手に立ち上がった。

年齢的にもうこれで家をいじることもないだろう。歳をとるのは死に近づくさびしいことだ。だが改築によってまた新たな暮らしも始まる。

増築した小さな部屋に折り畳みのイスを置き、外を眺める。隣りの家の垣根越しに見える風景が新鮮である。棚に各種のスコッチウィスキーを並べ、夕暮れに舌をぬらしている。手をのばすと犬の頭がある。

煙の奥に見た風景

これまで病院に行くのは歯科ぐらいのものだった。歯は自分で治療することが不可能なのでしぶしぶ歯医者の前に座るが、風邪や腹痛は自力で治してきた。だが還暦を過ぎてから、眼、歯、腰さらに糖尿病のチェックと毎月のように市内の総合病院に行っている。あらためて見てみれば、病院は老人たちの憩いの場になっている。顔見知りを見つけると「ようどうした。このごろ顔を見ないが」と肩をたたきあって再会を喜んでいる。

待ち合いベンチの傷んだビニールシートに座って「ああいう老人にはなりたくない」とつくづく思う。だが光陰矢のごとしである。

生活習慣病という病名がある。本人は何も気がついていないが、毎日酒を飲み焼き肉など食べていると、知らぬ間に体が蝕まれていくというのだ。その訳のわからない病気の検査をした。内科、循環器科、眼科、胃カメラ、レントゲン、腹部のCT検査など、いわゆる年に一回の一泊コースの健康診断と似ている。

検査結果を見ながら、尿に少し問題が、と医者は言い、「毎日どれくらいお酒を」と訊いてきた。

「そうね、ビールに焼酎のオンザロックを二杯飲んで、そのあとウィスキーのストレートを三杯ほど、あとジンも好きで」「毎日ですか？」「ええ」

医者は生活習慣について語りだすが、その検査のためにこっちは一日中体をいじくられぐるぐるまわされたのだ。

「つまり私はどこも悪くないんですね」少し語尾が裏返ってくる。

「えーとだから生活習慣病について……」

その日は検査のために朝から何も食べていなかった。夕暮れの街角を歩いていると、焼き肉のにおいがする。戸口から煙が吹き出している、いいにおいのする店の前を通った。チラリと覗くと七輪の上に網を置き、汗をたらして客が焼き肉を食べている。おそろいの黒Tシャツを着た店員の兄ちゃんたちの声が店内に響く。

「ご新規さん」「オラー」

店内は七輪から立ちのぼる煙で窒息しそうだ。とりあえず生ビールにホルモンセットを注文する。シロ、カシラ、ナンコツ、タンが素早く並ぶ。炭火の七輪で焼くとすべて美味しい。煙の向こう側でハチマキをした店員が「ハーイ麦焼酎追加」と叫び声をあげる。氷の入った焼酎を飲んでいると、いつの間にか隣りで同じような年齢のおやじが背を丸めレバー焼きを食べている。

「こんな店は町田になかったな」白髪のおやじは一人でぶつぶつぶやいている。

「三十年前に町田に来た時は、駅の名が新原《しんはら》町田と言いました」「そうだったかな」

いつの間にか七輪同士はふるさと町田について語りだしていた。

「昔の駅舎は風情があってよかった」「西洋文化へのあこがれが形や屋根にあらわれていた停車場ですね」「それが今じゃどこもかしこも同じような駅ビルにしやがって」しだいに語尾が高くなってくる。

「レバー美味しいですか？」「うん」「レバーと麦焼酎追加」ズラリと並んだ七輪を前に客が酒を飲んでいる光景はなんだか迫力がある。

七輪同士の話題はしだいに昔話へと傾いていく。記憶は美化されるというが、過ぎ去った時代の話はどれも美しい。

「もうじき中野のサンプラザを取り壊すというじゃありませんか」「けしからん」「国立駅の駅舎も壊すという」「まったくもう」我々はだんだん興奮してきた。

文化のにおいのする街には、必ず古い建物、駅舎や教会、銀行、学校といった公共建築が残されてきた。それが歴史をつくり、街に奥行きをもたらす。歴史の厚みのないところには文化は根づかない。

「日本の役人には歴史的な建築物の保存と再生というのがわかっていない」

「東京は混沌としているからいい街だという奴がいるが、バカヤローです」

「そのとおり」

「ビルを建てては壊してきた歴史が今の戦後の日本だ」

「明治・大正時代の建物もないが、戦後の建物も、能率一辺倒でもう壊そうとしている」

「この国に文化などない」

「自縄自縛である」

七輪の炭は一度火がつくとなかなか消えない。還暦をこえたおやじたちも煙をまきちらす七輪から離れようとしない。

「ところであと数年すると団塊の世代の大量退職、定年が始まるといいますが、奴らのことをどう思いますか」

相手の濁った眼が煙越しに迫ってくる。

「わたしはあの連中の元気よく働き、元気よく遊び、という思想がまず嫌いですね」

「そのとおり」

「ともかく奴らはよく笑い、よく食い、よくしゃべりますからなあ」

七輪焼きの味噌だれの追加をもらう。生のキャベツはただなのでさらに手をあげる。

「いやですね。こんな居酒屋にも団塊世代が来ると思うと」

「奴らはなにしろかたまってきますからね」

「そうそう」

「団塊ジュニアと言われる子供たちも、もう三十歳をこえているのに、ただのわがままなガキで」

「……私の娘と息子たちですが、確かにそうです」

「………」

隣りのおやじは常連なのか、レバーの焼き方について教えてくれた。

「ここのレバーは生でもうまいが、外をカリカリに焼き中はレアーにしたのもうまいですよ」

「このこってりしたタレのモツ焼きに焼酎は合いますなあ。でもそろそろ歳だからねえ」

「なにをおっしゃいますか、ガンガンやりましょうよ」

七輪の炭を追加し、上に載せた網も取り替えてもらう。気がつくとあれほど混雑していた客も潮が引くようにいなくなっていた。

「今日は健康診断でした」

「体をいじくられて終わりでしょう」

「そうそう」

「あれは健康に悪いですよ」

「では失礼を」「ではわたしも」

なんだか服にホルモンのにおいと煙がしみ込んでいる気がするが、このあとに友人の家に行くことになっている。携帯で連絡すると、

「カントリーバンドのDVDのいいのが入ったから、タクシーでおいでよ」と言う。

駅前からタクシーに乗り、多摩ニュータウンを通り多摩川沿いの友達のマンションに向かうことにした。

クーラーの効いたタクシーの窓を開けると運転手は「焼き肉ですか」と訊いてきた。

「少し窓を開けますね」答えると、「全開にしてください」と注意を受けた。自分ではわからないが相当におうらしい。

車は人口二十万をこすニュータウンを走っていく。市域の六割を占める多摩ニュー

タウンも入居開始からすでに三十五年を経過し、大きな転換点に来ている。快適で豊かな老後を夢見ていた団塊世代の高齢化が進み、夢の巨大団地に暗い影を落としている。

運転手は「この街をつくった人間は、人がいずれ老いていくという発想が欠落していたんですよ。ほら、あそこにしても見栄えはいい丘の上ですが、坂が多く、階段が重なり、エレベーターがないので、足が悪くなった人は暮らせないんですよ」「定年後に一杯やろうにもあたりは一軒の居酒屋もないので、友達もできませんよ。あそこで暮らす大量の団塊世代はどうなるんでしょうか」

ニュータウンにはゼネコン系の設計事務所からアトリエ派の建築事務所まで、いわば戦後の日本建築界の叡智が集結したと言われる。だが、丘の上の明かりのついた建物はやけに空虚に見えた。

「しょせんノコギリもさわったことがない建築家がつくりだした街はこんなものですよ」

運転手は皮肉っぽく言い、「東京の現実を一番正確にあらわしているのがこの街ですわ」と苦笑した。

多摩川のまわりは高層マンションだらけであった。川を囲むようなビル群はなんとも虚ろな風景に見えて仕方ない。

最上階の十五階に住む友達は二年前に脳梗塞を起こし足を引きずっているが、まだ酒を飲んでいるという。インターホンを押すとすっかり髪の白くなった友が「よう早いな」と携帯電話を片手に笑って立っていた。

土鍋と七輪

人は還暦を過ぎると、文字どおり生まれた歳に還るかのように活気を取り戻し動きはじめる。これまで働きづめだった人生を振り返り、やっととれた自由な時間に感謝し、表情も行動も晴れやかになる。

山登り、海外旅行から始まり、ギターを弾く、ダンスや語学教室に通う、小説を書きはじめる、果ては「自分発見」とばかりに海に潜る人もいる。酒が入ると「まだまだ若い者には」と浮かれている。だが、その後ろ姿に老人特有の哀愁の風が吹きはじめていることに気がついていない。

私は今、料理に凝っている。庭に出した七輪の前に座り、腕組みをしてじっと思いをめぐらしている。

料理に関しては、これまで日常食べる家庭料理はひと通りマスターしてきた。本格的なイタリア料理やベトナム料理などを作るプロ顔負けの人もいるが、そんなものは外で食べればよい。家で食べる料理は簡単で後片づけの楽なものが一番である。高級な鍋や調理器具をそろえるような、まず形から入る料理人主夫ほど家族から嫌われる者はない。

七輪は市内にあるホルモン焼き屋からもらってきた。この店は古くなった七輪をただで譲っているのだ。手にぶらさげてバスで家に帰ってきたが、庭がほとんどない家なので、「さて」と思案に暮れた。

まずは、と実のならない大きくなった枇杷《びわ》の木を切り、その木を組み上げて小さな椅子をつくり、七輪を置いてみた。

空を見上げると夕暮れが美しい。ホームセンターで買ってきた熊野産の備長炭を入れ、とりあえず秋刀魚を焼きビールを口にした。「うーん」とうなるぐらい香ばしく美味しい。近くで蚊取り線香を犬が見張っている。なんともいえず幸福な満ち足りた気分になってくる。「もう少し庭が広ければ」とも思うが、七輪はポータブルにどこでも持ち運びができるので便利である。家《うち》からわずかに見える通称くじら山を借景にうっとりしている。

七輪は幼い頃、家にまだガスが来ていない時分に、かまどの近くで活躍していた。多くは煮物料理の時に使われていた。

七輪は七厘とも書く。七厘の値の炭で料理ができるので、この名がついたという。木炭・豆炭・炭団《たどん》・練炭などを入れて火をおこすのだが、現在は木炭しか売っていない。木炭に火をつけるのは意外とむずかしい。今は専用の道具があるので便利だが、昔は空気を入れる小さな窓からウチワでパタパタと風を送っていた。窓の引き戸の開閉で火力を調節して魚を焼くのだ。

使い古された七輪には風格がある。さらに炭との相性もよくなってきた気がする。夏の夕方はこの七輪の網の上で焼き魚、豚のホルモンやカルビなどの焼き肉を何度も食べていた。ぐったりとした顔をして職場から戻る妻は「近所迷惑になるからやめてくださいな」と顔をしかめるが、式根《しきね》島《じま》、八丈島《はちじょうじま》のクサヤを取り寄せ、七輪の夕べは続いた。

七輪の前に一人で座って焼き物をしている時、孤独感などない。むしろ七輪を独り占めできる幸せに酔っている。横には缶ビール、八丈島の焼酎が並び、時々ビールと氷を取るために立ち上がり、台所に上がって冷蔵庫を開く。

ポツネンと一人でいると音楽も欲しくなる。近所の家電屋で一番安い三千円のラジカセを買ってきて、いつも「港の見える丘」の入っているテープをまわしている。蚊取り線香も昔ながらのブタの蚊遣りにかぎる。

七輪、蚊遣りブタ、八丈島のクサヤに焼酎、犬、くじら山の借景、ラジカセ。夏の夕暮れにこれ以上何もいらない。

そこにある日、土鍋がそっと参入してきた。

これがその辺で売られている土鍋とは別物なのだ。「たかが土鍋だろう」と言う人には七輪や料理や芸術を語る資格がない。

以前、カントリー音楽仲間の鎌倉の家で、「されど土鍋」を体験した。野菜と肉を食べたのだが、「野菜がこんなに甘かったのか」と驚愕した。土鍋で調理すると肉がさっぱりするのも新発見であった。

この土鍋は中にもう一枚中敷きがあり、つまり煮るのではなく蒸すところがミソである。土鍋の湯が沸騰したら、中敷きに野菜や魚を入れ、しばらくフタをして蒸してからポン酢で食べる。そして最後に中敷きの下の湯に落ちた旨みたっぷりの汁で雑炊をしてふたたび「ハフハフ」

するのだ。煮るよりも蒸したほうが旨みや栄養素が食材に残るということが実感できる一夜であった。

これは実は伊賀《いが》の土鍋で云々と、なにやらうるさい。鎌倉の友人宅に土鍋を送った本人がテーブルの奥で「いいでしょうこの土鍋」と笑っている。すべてのものごとに詳しい人生の達人のようなその人物は、「お宅にも近いうちに送りますから」と言った。

それから一週間ほどして三重県伊賀市からずっしりと重い宅急便が届いた。ダンボールを開くと土鍋が入っていた。

土鍋の料理方法や手入れの仕方が書いてあるパンフレットも入っている。その中に、「伊賀の土鍋が料理人に好まれる由縁」という文章を見つけた。

太古、伊賀は琵琶湖《びわこ》の湖底であった。その土は非常に耐火度が高く、江戸時代から直火用の土瓶や土鍋が伊賀でつくりあげられてきたそうだ。しかも伊賀耐火素地からは、遠赤外線が出ているので、料理の味がぐっと高まるという。

七輪に伊賀の土鍋。これ以上何を望むというのだ。まず土鍋をガスの火で沸騰させ、注意しながら七輪の上にそっと置き、料理を始める。トマト、キャベツ、ナス、もやしといった野菜を水洗いして並べ、豚肉も置く。小鉢にポン酢と大根おろしとネギを入れ、もう一度沸騰するまで夕暮れの空を見上げている。今日は餃子も蒸して食べることにした。土鍋の時は犬が七輪に近づくとやけどすることもあるので、鎖をつける。クロはさびしそうにこちらを見つめ、甘えた声をあげている。

七輪の時は服装も和風にする。昔は夏になるとウチワを手にしたゲタとステテコ姿の親父たちが町を闊歩していたものだ。とくに風呂屋の帰りといえばステテコ姿しか考えられなかった。

ステテコはキャラコと言われる平織りの、目の詰んだ薄くて艶のある白木綿地で、洗ってもすぐに乾く。スソがゆったりしたふくらはぎまでのステテコは夏の風物詩である。だが、最近はすっかり影をひそめてしまった。あれはなぜ廃れてしまったのか？

昭和と呼ばれる時代までは存在していたが、平成になりステテコは消滅してしまったと思う人がいるかもしれない。しかしまだ町田市内のデパートでは売っている。温泉地などではいているおじさんも見かける。股引《ももひき》と同じで、ステテコも完全に廃れることはない。

七輪の時は、あえてステテコにはきかえる。身だしなみをきちんとしなくては七輪や土鍋に申し訳ない。さらに土鍋の時は留守番電話にしておく。あわてて立ち上がると危険である。

しかしそれにしても土鍋の底が七輪のへこみとぴったり合うのには感心してしまう。

この土鍋に関しては、妻も「こんなに野菜が美味しいなんて」と感動していた。時おり一人でガス台に向かい、ひっそりと土鍋料理を作っている。

確かに蒸すと野菜、とりわけ菜っ葉ものはどんどん食べられる。家にもともとあった土鍋は床下収納に格下げになり、今や伊賀の土鍋が毎回うれしそうに登場している。

七輪も土鍋と同じ珪藻土でできている。海底や湖沼の土でつくられているのだ。保温性もいい。ただし珪藻土だけの七輪は壊れやすいので外側は粘土で丈夫に仕上げている。

週に二回は七輪での料理に挑んでいる。すべて炭火焼きか土鍋だ。この七輪を洗濯物を干すベランダに持ち上げたことがあるが、家の中を火のついた七輪を持って歩くのはあまりにも無謀であった。階段もあり、危険なので一度で懲りてしまった。

私は使い古された七輪を大切に扱い、秋から冬にかけて料理の幅をさらにひろげるつもりである。その時はもちろん股引である。

水筒はポリからステンレスに

小学生の遠足というと、必ず肩から水筒をぶらさげて家を出たものだ。キャップのところに小さな磁石がついており、弁当をひろげる時「北はあっちだ」と方位を確認し、それだけで満足していた。

その水筒をザックに詰め、兄と初めて奥多摩の山に登った。高校の山岳部に入ったばかりの兄は一リットル入りのポリタンを頂上で振って見せ、「水は大切だから下山するまで残しておくもの」と言った。そして竹の箸を指さして、「これは山言葉で〝武器〟と言う」と教えてくれた。

高校生になり、一人で丹沢や奥多摩、八ケ岳をほっつき歩くようになる頃に水筒はポリタンにかわった。アルミ水筒もポリタンも容器のにおいがつくが、ほかにいい水筒が見つからなかった。

七〇年代になるとヨーロッパから大量に登山道具が入ってきたが、その中に画期的な水筒があった。内側がコーティングされていて金属臭がまったくしない。とくに片手で操作できるプレッシャーキャップのものは握りやすく使い勝手がよかった。またたく間に登山者の間にひろがり、とりわけ気取り屋のクライマーはさらにスキットルにウィスキーやコニャックを入れてみがきをかけていた。

しばらく水筒はグランテトラ一色であったが、次にキャップがネジ込み式スクリユートップになっている軽く頑丈なアルミボトルをザックに入れるようになった。頭にヒモを通すのでキャップを紛失することもない。

携帯できる魔法ビンの発達も登山者にはうれしいかぎりである。凍てつく冬山で温かいお湯を口にするとまさに生き返った気分になる。七〇年代のテルモスはまだガラス製のものが多く、乱暴に扱うと中の保温ガラスが破損し、ザックから取り出してがっかりしたことが何度もあった。

八〇年代に入るとステンレス製が開発され、長時間携行しても温度が下がらないスグレものが続々と現れた。私の日帰りから雪山までの山行では、温度を逃がさないために注ぎ口が小さい五〇〇ミリリットルの魔法ビンに落ちついた。

糖分の入った紅茶やコーヒーを入れたこともあるが、時間がたつとお茶類はにごって美味しくなくなる。結局、体力を消耗する山登りでは白湯が一番と気づいた。

水筒や魔法ビン類は使用後よく洗浄し、充分に乾燥させ、いやなにおいをつけないように気をつかっている。

ザックの中や外ポケットに入れておいてホースで水分をとるという、行動中も吸水が可能なウォーターバッグもあるが、複雑すぎるようで使ったことがない。このところ体力が落ちてきたので、それを必要とするようなハードな山行もない。

振り返ると、これまで登山中に水で困ったことはほとんどなかった。ただ一回、二十代の終わりに仕事先の友達と、涸沢―北尾根―奥穂高―ジャンダルム―西穂高と縦走した時、テントやロープなどの登山道具もあり、荷物を軽くするために水筒を一つにしたことがあった。ところが真夏の稜線はまったくさえぎるものがなく、ノドが渇いて仕方がない。相手が水筒を手にするたびに「ひと口だぞ」と冗談ぬきに喧嘩腰になり、ついにジャンダルムを越えたところで空っぽになってしまった。噴き出る汗をぬぐいながら「人のことも考えて水飲めよなー」と、美しく連なる山々を前にお互いののしりあうのだった。

町田心象風景図

代官山にあった仕事場を引き払って四ヵ月が過ぎ去ろうとしている。何年も整理しないままだった写真をばっさり捨て、海外の古本屋で夢中になって集めてきた絵本類もすべて処分した。するといくらか身が軽くなり、希望がわいてきて、ある女性とラオスの首都ビエンチャンへの逃亡計画を思いついた。だが、自宅の増改築に予定より時間がかかり、夏が終わっても霞がかかったようにボーッとした状態が続いている。酒の飲みすぎでおかしくなったのではと健康診断を受けたが、どこも悪くはなかった。夏の間は暑い日も涼しい日も外出を控え、昼寝ばかりしていたので、すっかり体も頭もなまってしまった。

　町田から急行に乗れば三十分ほどで新宿に出られるのに、都内の盛り場へはぷっつりと出かけなくなってしまった。これまでは書籍や画材などの買物は渋谷《しぶや》の町ですませ、酒を飲むのも渋谷駅を中心に一キロ以内が多かった。深夜、町田に帰るのが面倒になった時は、仕事場に散らばっているダンボールを組み立て、その中に体をもぐり

込ませ寝ていた。ダンボールは新聞紙を詰め込むと冬でも暖かく、風邪をひくことはない。だが明け方部屋の近くを通る東横線の音を聞くたび、「もう還暦だ、こんな暮らしはやめよう」と何度後悔したことだろう。

健康診断の結果どこも悪いところがないとわかると、ますますじっくり時間をかけた深酒に走るようになった。都内の酒場はすぐに飽きがきたので、藤沢《ふじさわ》、鎌倉、葉山、横須賀としだいに海の見える湘南方面に気持ちが傾き、飲んで体がもつれだすと早々に適当なビジネスホテルに転がり込んだ。

一度札幌《さっぽろ》で会った人が、「アジアの片隅でバカをやろうぜ！」という帯のついた本を書いた。読んだらすっかり感激してしまい、電話をかけようと思ったが、パソコン以外通じないとわかった。馴れないパソコンのキーボードをおっかなびっくりさわり、「オレもあなたの住むラオスのビエンチャンに行きたい。しこたま酒を飲み一緒にバカをやりたい」とメールを送ると、すぐさま「おいでなさい」と返事がきた。「毎晩七輪で煙をたて、うまいホルモンを食って酒を飲んでいる」などとうれしいことが書いてある。

「町田にも『いくどん』という七輪の煙でもうもうのホルモン焼き肉があり、なんと朝の十時からやっている。私は午後の二時頃にひっそりと行く」と打つと、「そんな町田より美人もたくさんいるのでとにかく早くビエンチャンに来なさい」ということになった。

それからは図書館でラオス関係の本を借りて「ビエンチャンに行くのだ」と夢をひろげていた。

「あんたも日本にいてもうだつがあがらないんだからビエンチャンに行こう」と、顔に〝うだつがあがらない〟と書いてある女性をくどき、出発準備をしていると、相手から「しばし待て」とメールがきた。どうも社会主義国特有のごたごたで苦労しているらしい。

最初のうちは「携帯電話があれば女にもてる」という明るいメールがきていたのに、だんだん元気のない返事が続き、「しばし待て、とりあえず一度東京に戻るから」という。だが彼はいっこうにビエンチャンから帰ってこない。

戻れない理由が何なのかはわからないが、それほど心配はしていない。おそらく今も七輪の焼き肉を特製のタレにつけ、ハフハフいいながら地元のビールを飲んで星を眺めているだろう。

ラオス計画が前に進まないため、うだつのあがらない女性とも縁が切れさっぱりした。

町田を歩くと乾物を扱う商店が多い。中央通り商店街には明治から続く老舗の海産

乾物店が軒を並べる。かつて相模湾や東京港で獲れた魚や海草、貝といった海の幸を長野や山梨、八王子の山の幸と交換する場所が内陸地の町田であった。したがって江戸時代の中頃から町田には市が立ち、いつもにぎわっていたのである。私はこの町田の乾物に目をつけ、大胆にもラオスのビエンチャンへの輸出を考えた。

　ラオスへは現在のところ直航便がなくタイやベトナムから入るしかないが、日本人の観光客も年々増えており、おそらく近いうちに日本料理店も登場するにちがいない。町田には豆や穀類、昆布や煮干し、鰹節などの乾物が集結している。それらの輸出の代理を私が担当するのだ。いい出汁がとれそうな良質の昆布に身欠きニシン、スルメや煮干しはビエンチャンを訪れた日本人に「これこそふるさと日本の味だ」と感激されることだろう。乾物には人を幸せにする元気の素がたっぷり入っている。

そんな夢を語りに海産乾物の商店に行き、ラオスへの輸出のことを話すと「でも乾物は保存が悪いとすぐに傷みますよ」と言われた。とくに暑くて湿気のある場所は禁物だという。次に白花豆や紫花豆などの豆を中心に扱う乾物屋に話を聞きに行くと、「そのビエンチャンの水にこの豆をつけても食べられるのかしら」と言われた。豆をもどす水が大切だというのだ。

ビエンチャンへの乾物類輸出大作戦はあっけなく挫折してしまった。海外の日本料理店といっても、日本企業が集まっているビジネス街なら成功するかもしれないが、観光客がぽつりぽつり訪れる程度のビエンチャンでは乾物もそれこそ干からびてしまうだろう。

乾物屋を何軒か歩くと、服に煮干しのようなにおいがしみ込んでくる。まだ夏の暑さが残る夕方、老舗の店で豆をおみやげに買い、家に帰ると犬のクロが舌を出してあえいでいる。珍しく早めに職場から戻った妻もソファでぐったり横になっていた。

そういえば豆や煮物を家で食べたことがなかった。豆の入った袋を見せると、妻は薄く眼をあけて、「煮物はめんどくさくて嫌よ。すぐに焦げてしまって、あれは七輪の時代の食べ物よ」とまた眼を閉じた。

　豆類は前の日から水につけ、重曹を入れて煮たり、その湯を捨ててさらに水を二回取り替え、豆がやわらかくなったらザラメを入れ、醬油で味を調えたりと、煮物一つ作るのに「ああだこうだ」と講釈が続く。妻は「煮物はお正月だけでいいの」とつぶやき、座布団をお腹の上に置いて足を本格的に投げ出した。

　ビエンチャンへの渡航も思うようにいかなくなると、七輪の焼き肉屋で昼間から生ビールを飲んで時間をつぶすしかない。市内に出る時のコースはだいたいきまっている。中央図書館―東急ハンズ―画材屋―版画美術館をまわり、いくら飲んでも食べても二千円の飲み屋か七輪のホルモン焼き屋か創業明治十七年の馬肉屋柿島屋に寄り、バスで戻る。これが最近の私の遠足である。

　向上心がなさすぎると言われればそれまでだが、人間欲がなくなればこんなものだ。サンダルのためか歩き方までだらしなく前のめりになってくる。家の近くの七国山周辺は緑も多く散歩にぴったりのコースで、早朝なら気分も爽やかになるが、夕暮れはさびしすぎる。居酒屋がないのも華やかさに欠ける。

　街を歩いててちょっとひと息つける酒場が一番うれしい。安くて美味しい店を三軒知っていれば、その街をぶらついていても気持ちが荒れることはない。

　町田でもっとも古い商店街が仲見世《なかみせ》商店街である。狭い路地の中に店がぎゅっとかたまっている。町田の店も浅草の仲見世のように一日中活気にあふれてにぎやかである。

ともかくここは安い。今どき百円でお好み焼きが食べられる。ラーメン、カレー屋、焼き肉屋、すべて庶民的な値段で腹を満たしてくれる。懐かしい新宿ゴールデン街そのものの酒が飲める横丁も健在である。町田に来た定年間近の出版社の人を連れていくと「懐かしいなあ」と汚れたテーブルをさわったりするが、なぜか彼らは二度とやってこない。

天井も低く、面積も狭く窮屈でトイレも外である。「ハンドメイドのつまみですわ」とよくわからないいつものダジャレを聞きながら、焼きチクワで焼酎を飲んでいると、ペギー葉山の「南国土佐を後にして」の曲がかかってくる。

「人生も遠くまできてしまったな」そんなつぶやきを口にできる酒場が町田にはまだたくさんある。こうしてビエンチャンが少しずつ遠くなっていく。

原色町田図鑑

都下町田に三十五年も住んでいながら、これまで地元に対する関心はいたって薄かった。つい最近まで百円ショップの総本山ザ・ダイソーの最大規模店「ギガ町田」があることも気にとめなかった。しかしいざ行ってみると、二千坪という桁外れの売場面積は見る者を圧倒する。初めて訪れた時は見渡すかぎりの百円商品の山に膝がガクガクした。

オープンした当初は新聞の挟み込みチラシを見ても「しょせん銀座《ぎんざ》の伊東屋には勝てまい」と平静を装っていたが、今回もセロハンテープにクリアファイル、折り畳み傘、小さな土鍋、さらになぜかキンカンのど飴と両手に持てないほど購入してしまった。

百円ショップで暴走した体が次にめざしたのが、町田の新名所「コストコ」である。駅から少し離れた街道筋に巨大な倉庫のような建物が現れる。コストコはカリフォルニアで設立された会員制の倉庫型店舗で、ともかく安く、天井近くまでそびえる棚に大量の商品を積み上げた巨大スーパーマーケットだ。でかいカートを手に売場を進んでいくと「とりあえず買わなくては損」と錯乱状態におちいり、次々に品物を放り込んでしまう。

数年前に本場アメリカですでに体験していたが、「町田にもついにコストコが」と思うといてもたってもいられなくなり、暇になると車で乗りつけては山のように乾電池を買ってみたり、気がつくとニンニクの袋を手にしたりしている。コストコは物欲に狂った者をさらに次の欲望のステージへと押し上げる大人の遊園地である。

町田は西の新宿と言われ、今や人口四十万の不夜城である。神奈川県に割り込む県境の街は年々力をたくわえ、深夜まで眠らない。まるで新宿歌舞伎町の支店のような按配である。七輪のホルモン焼き屋「いくどん」も朝まで煙をもうもうとあげている。

郊外の街道筋には新しいアウトレット、大型アウトドアショップが開店し、週末は他県の車が息をきらせてやってくる。

人口四十万の都市といえば金沢《かなざわ》や倉敷《くらしき》といった地方都市と同じ規模である。ただし町田には残念ながら都市の品格や風格はない。町田と金沢とをくらべれば金沢に軍配があがり、旅に出たくもなる。

その一方、「ここが東京なの？」と驚くような緑豊かな自然が町田には息づいている。西の新宿不夜城と言われた町田の奥座敷に七国山がある。一二八メートルと低い

山だが、あたりには鬱蒼とした森がひろがり、犬とよく行く散歩コースである。知人の山岳写真家を七国山に案内した時は、「東京の別天地だね、里山の雰囲気そのまま」と感動していた。

「緑を大切にしよう」「自然を残そう」といった空気がうずまいている土地である。しかし年々開発が続く宅地造成はじりじりと丘陵地帯を崩しはじめている。多摩丘陵に残された雑木林、畑、谷戸の田んぼは町田の財産でもある。自然との調和をはかるリトマス試験紙のような存在だ。

自宅にいる時間が多くなると、そのぶんだけ妻とぶつかり、ささいなことで喧嘩になる。

このところ熟年離婚が急速に増えてきたというが、我が家も間近な気がする。長年連れ添った夫婦が、子供が独り立ちしたのをきっかけに離婚してしまうのだ。我が家の夫婦がどうにか結びついているのは黒い犬がいるからである。

　七国山を妻と黙り込んで歩いている。

「もう家を出ていってくださいな」犬の鎖を手に妻は他人事のように言う。前夜に酒を口にしていたのがまずかった。酔った勢いで「こうなったら離婚だ」ということになってしまったのだ。

　これまで何度も同じ局面をむかえたが、今回はどうも様子がちがい本格的である。

「わかった、出ていく」私も決心をした。だが、せっかく家の増改築を終わったばかりなので「家を早く出ていってほしい」と言われてもすぐにはできない。市内のマンションで一人暮らしも悪くないが、このさいだから町田からも離れて新しい街、たとえば鍾乳洞の近くの奥多摩か温泉の島八丈島でも生活に困ることはない。

　予行演習として車に積めるだけ荷物を積んで、とりあえず伊豆の下田《しもだ》に逃げた。下田は昔何度か夏に泳ぎに行ったところで土地勘はある。

　車で家出となるとついつい荷物が多くなる。仕事用の文房具、画材、カセットラジオにギター、コーヒーを沸かすキャンプ道具とまるで長期の海外旅行に行く時のような荷物になってしまった。ホテルの玄関で大小のダンボールを引きずっていると「三泊の予定ですよね」と念を押された。

伊豆の下田は鎖国以来わが国最初の開港地となった場所だけに歴史があり、街にはノスタルジックな面影が残っている。不動産屋を覗くと、貸別荘がたくさんあるが、一人で住むとなると庭の掃除や家の管理も大変なので駅近くのマンションを探すことにした。

ぶらぶらしてから下田の市街を一望できる寝姿《ねすがた》山にロープウェイで上がる。下田港と海が白く光っている。伊豆七島、天城《あまぎ》連山もぐるりと見える。

「熟年離婚の後にはやはり伊豆が気候が暖かくていいかもしれないな」

山頂の展望台でそんなことをつぶやきながら、愛染明王堂《あいぜんみょうおうどう》に両手を合わせ、帰りは歩いて下山する。歩くことは体や心を浄化させる。

離婚騒ぎの原因をつくった自分の性格の悪さにつくづく愛想がつきる。深酒がいけないのだ。タバコもやめられたのだから、禁酒をするか、少なくとも家でだらだらと深夜まで飲むことはやめよう。

そんな誓いを胸に、スーパーの片隅にある鮨屋でアジなど地魚の鮨とビールを飲んでいると、人の好さそうなおやじが「観光で来たの」と声をかけてきた。

「なんとなく下田で暮らそうかなと思って」曖昧な返事に、「気候もいいし魚もうまいが活気のない街だよ」と笑いながら冷蔵庫を開ける。「中ビール追加ね」

町田に住んでいることを告げると、

「小田急線の町田でしょう。あそこはどこに行くにも便利で暮らしやすいね」

隣りの相模原に以前いたが、事情があって今は下田に一人で住んでいるという。

「町田にくらべたら下田は活気がなくて夏以外は死んだ街だよ」「オレも早く相模原に戻りたいよ」ぽつりと胸のうちを明かした。

七国山の話に、「ああ、あそこはいいよね。車で子供と薬師池によく行ったよ。リスが放し飼いになってるリス園も楽しいよね」。

「…………」

「相模原は隣り街だけど米軍基地に支配されて明るさがないなあ」

「そうですか」

「で、またなんで下田で……もしかしたらオレと同じように女房に捨てられたかな」

おやじはワッハッハと笑って、ビールをもう一本追加した。

鮨屋でおやじと話したら気持ちが楽になり、市内をぶらつくことにした。いくつかの通りを越えていくと小さな川があり、下田の昔の町並みを残した倉などが建ち並ぶ。なんとなくあか抜けた頑張っている店が軒を連ねている。イタリア料理にカフェバーといった店である。

「あとはホテルの温泉につかるだけ」そうつぶやき、ワインでも一杯飲んで帰ろうと一軒に足を踏み入れた。

店に入ると客は一人もおらず、ヒゲを生やした若者が「らっしゃーい」とだるい声を出した。「赤ワインを」と頼んだが、「ワインだけですか」と返事にトゲがある。

「じゃあ、何か適当につまみでも」「適当ではわかりません。メニューを見てください」

かわいらしいイラスト入りのメニューを開くが、つまみらしいものは一つもなかった。

しばらく黙ってワインを飲んでいると奥のほうからその妻らしき女性がアジアンテイストの赤いシャツを手に「もし奥様がいらっしゃったらぜひおすすめします」と身を乗り出してきた。

「サイズがわからないから……」「フリーサイズです」テーブルの横にひざまずき、真剣な眼をして迫ってくる。

「女房とはもしかしたら別れるかもしれないので」と言っても「ぜひぜひ」と聞く耳をもたない。仕方なくその赤いシャツを一着買った。

息子とコーヒー

家の近くの鎌倉街道沿いに、昨年の暮れ、新しくコーヒー店ができた。山小屋風のウッディな外観で、駐車場がやみくもに広い店である。町田駅に向かうバスの窓から店を覗くと、いつも車が並び混んでいた。この街道には駐車スペースのあるコーヒー店はこれまでなかった。

「しかしたかがコーヒーだろう」店の前を通るたびに割り切れない気持ちであった。わざわざ車を止めて入るような店には思えなかった。

老人化するにつれてだんだん起きる時間が早くなり、早朝四時には布団の中で「昨夜も年がいもなく飲みすぎたなあ」などとじっと反省をしている。冬の朝は七時頃にならないと明るんでこない。暗いうちから犬とあたりを散歩しているのだが、散歩だけは飽きることがない。そしてあのコーヒー店の前に立っていた。

朝七時から開店しているのがうれしい。ドアを開くと大きなテーブルがあり、店内はシンプルで清潔感にあふれている。垣根の近くに犬を置いてきたので、窓側に座り、コーヒーを注文しようとすると、感じのいい青年店員がモーニングサービスも同じ値段だと言う。厚切りのトーストと卵がついて三百八十円である。すでに客がチラホラいた。みんなこれから車で会社に向かうような背広姿の男性で、新聞をひろげている。我が家はこのところ新聞をとるのをやめているので、久しぶりにカウンターそばの新聞コーナーから朝日新聞に手をのばす。昔とくらべて紙面がずいぶんくだけているのに驚く。読売、毎日と次々めくり、「新聞はどこも同じような事件が書いてあるんだな」とつまらないことに感心する。

新聞代は今は百三十円くらいだろうか？　三百八十円引く百三十円は二百五十円である。とするとコーヒーが百三十円でトーストが七十円で卵は五十円か、とモーニングセットを見つめながら馴れない計算に指を折る。喫煙席が大きく離れているのもいい。数年前に禁煙してから、タバコに関しては敏感である。

レシートを見ると愛知県を中心に展開しているコーヒー店であった。サンドイッチも人気が高いらしい。名古屋生まれの私は思わず「ここの店いいじゃないか」とつぶやき、犬と一緒に朝の散歩を終えた。

それからというものモーニングサービスを食べに朝の七時に出向くことが癖になってしまった。

コーヒー店といえば旅の途中で必ず一度は立ち寄る店がある。どれも二十代からのつきあいで、思い出も多い。

どの店も入ると気持ちが落ちつく。まず松本は女鳥羽川《めとばがわ》沿いの珈琲まるもが真っ先に頭に浮かぶ。土蔵を改造した店で、使い込まれた松本民芸家具が美しい。いつもクラシックの音楽がひかえめに流れており、松本に泊まる時はモーニングセットをこの店で必ず口にする。イスやテーブル、調度品の棚を見るたびに、家具製作にあこがれていた甘く切ない青春時代を振り返る。好きな古本をこの店で何度開いたことだろう。

京都では四条烏丸《しじようからすま》の前田珈琲をはずすことはできない。大きなテーブルに京都のお寺めぐり地図をひろげ、今日はどの寺に行こうかと思案にくれる。朝は七時から開店しており、イギリスパンセットは絶品である。泊まったホテルからタクシーに乗っても訪れる価値があるコーヒー店である。イベントのチラシが入口にたくさんあり、ひと通り見るとその時の京都の催しがわかるというものだ。

そして神戸《こうべ》は元町一番街のにしむら珈琲店がおすすめ。コーヒーの芳しい香りをかぐと、神戸が今もエキゾチックな街に思えて仕方ない。月に一度は行く鎌倉は、江《え》ノ電《でん》そばのロンディーノが一押し。朝は七時から香ばしいコーヒーとトーストを焼いている。

ファミレスなどのチェーン店のように騒がしくなく、音楽もひかえめなのがうれしい。奇声をあげて走りまわる子供がいないのもいい。

ある日、近くのコーヒー店に息子と入った。コーヒーの苦手な息子はオレンジジュースを注文した。三十歳を過ぎた息子は酒やコーヒーに手が出ず食事の時も水か牛乳である。そして親の前ではいつも沈黙を保っている。

「冬の北岳はどうだった」

「……………」

日本で一番高い山は富士山だが、二番目は南アルプスの北岳（三一九三メートル）である。頂上に立つには北岳のほうがキツイ。息子はこのところ南アルプスに凝っており、つい最近もテントをかつぎ北岳に行ったばかりである。

「今年は雪が少なかったか」

尋ねても黙ってジュースを飲み干すだけだった。

「オレさあ。コーヒーを飲むヤツがよくわからないんだ。喫茶店やこういう店に入る人の気持ちがわからないよ」

「なんで」

「だってコーヒーなんてうちで飲めばただでしょう」

「まあな」

「料理にお金を出すのはわかるけど、コーヒーにわざわざ高いお金を……」

「そうかな」

「オレは食堂には入るけど、今までこういう店に入ったことはないな」

「彼女とは……」

「まあたいがいファミレスだな」

「お父さんの時代は恋人とのデートは喫茶店ときまっていたな」

「……バカらしいね」

そして息子はコーヒー店からほど近い丘の上にあるひなた村についてボソボソ話してくれた。

ひなた村は野外体験学習センターのような場所で、地元の小中学生が必ず訪れる場所である。雑木林に包まれた丘の上にある。

「あそこで小学生の時にペンギンをつくったんだ」ペンギンとは粘土で焼いた置き物

で、私がもっとも気に入っている息子の作品である。素朴なペンギンの形がいい。ひなた村には陶芸の窯や野外炊事場があり、正月など餅つき大会もしている。

「お父さん、帰りにひなた村に行ってみようか」

コーヒー店の裏の急坂を上ると大きな広場があり、小学生たちが父兄と一緒に竹馬らしきものをつくっていた。

「あっ、オレが通った小学校が見える」息子はそう言って野球のピッチャーのような仕草をした。

小さい頃から毎週のように野球のリトルチームに参加し汗を流していた。あの頃は体の細い子だったが、今は胸が厚くがっちりした体格になり、眼つきも大人っぽい。

「岡山にクレーン車の免許が取れる自動車教習所があるんだ。明日からそこへ行くよ」

「仕事でクレーン車を動かすのか」

「うん」

息子は車のほとんどの免許を持っていたがクレーン車だけはなかった。

「それにしてもお父さんはこのごろ家に閉じこもってばかりで昔のように山や外国に行かないね」

「そうだな。なんだか外に出るのが億劫になってな」

日向ぼっこをするように二人してベンチに座り、息子に画家の熊谷守一《くまがいもりかず》の話をした。九十七歳で亡くなった脱俗の画家は、六十歳から亡くなるまでの三十年間家から一歩も出ることなく猫と遊びながら絵を描いたという。もう外に興味をなくしたのだろう。随筆集『へたも絵のうち』（平凡社ライブラリー）は画家の書いた中で、もっとも好きな文章である。

単純な線と色の構図の絵はいつまでも心に残る。猫や花の絵は何とも言えず透明感があり、汚れがない。「絵でも字でもうまくかこうなんてとんでもないことだ」という言葉が身にしみる。

息子はタバコの煙をくゆらせ、遠く対岸の住宅地を眺めながら「前はあの辺にたくさん林があって遊んだよ」とつぶやいて立ち上がった。大きく伸びをし、「オレもクレーン車の免許を取ったらそろそろ真面目に働くよ」と言った。

山のスケッチ帖
5

お気に入りの赤いナイフ

山に行く時、まずザックの中に入れるのは小物入れの透明のビニール袋である。中にはコンパス、地図、ヘッドランプ、ライター、そしてナイフが入っている。ナイフはこの四十年間、スイスのビクトリノックスのシンプルなものを使っている。機能はナイフ、栓抜き、缶切りとワインのコルク抜き、トゲ抜き、爪楊枝である。

登山道具は年々進歩をとげ、五年もするとウェアやザック、靴もやけに古くなったように感じ、ついつい買い替えてしまう。だがナイフだけは頑固一徹、赤いビクトリノックス一本のみだ。

山でナイフがそれほど役に立った記憶はないのだが、日帰りの山でもナイフを持っていかないと気持ちが落ちつかない。常に頭のどこかにあるのは、遭難した時に小枝をナイフで削って火を点け、暖をとるイメージである。それだって小枝を手で折って裂いてもいいはずなのに、なぜか「山ではナイフがないと大変なことに……」という強迫観念にしばられている。

ポケットナイフでもう一つ愛用しているのはハサミがついたものだ。これは内外の旅行や取材の時にバッグに必ず入れることにしている。

旅に出ると雑誌や新聞、パンフレット類が増えていく。一カ月間のアメリカ各州をめぐる旅ともなると、必要な記事や地図を切り抜くことになるが、ナイフだと思いどおりに切れない。ここはやはりハサミの出番である。

とにかく紙の資料は膨大に増えつづけるので、ハサミつきナイフは朝から晩まで働いている。ホテルに戻ると、取材ノートに切り抜きをペタペタ貼る。時には細長い紙片を付箋がわりに本や雑誌に挟み込む。さらに、ハサミは昆布を切ったり、爪をきれいにしたりするのにも重宝する。

日本人は手先の器用な人が多いと言われる。確かに箸などをアメリカ人に持たすとつい口を出したくなる。だが彼らは魚料理をフォークとナイフを使って、お皿の上でスマートに片づけていく。逆に慣れない日本人は、カラスがゴミ箱をあさったような無惨な姿にしてしまう。

欧米人は小さい頃からナイフを手にして育ってきたようで、ナイフを持った時の身のこなし方に日本人と雲泥の差がある。その実力を見せつけられたのはニュージーランドのキャンプ場であった。

我々日本人グループが「ナイフより包丁のほうが使いやすいね」「やはりまな板が欲しいね」と朝からグチをこぼしていると、ドイツから来たという隣りの親子が古びた石油ストーブで料理をしていて、そのナイフの使い方にほれぼれした。日本でいえば小学生くらいの子が大人顔負けにナイフを使いこなしているのだ。ジャガイモ、ニンジンの皮をきれいにむき、タマネギを手のひらにのせてみじん切りにする。なんと肉のスライスまでしている。鍋の蓋などをまな板がわりにしたりせず、たんたんとこなしている。

横でそっと見ていた私が思わず「グレイト！　グーテンモルゲン」と子供に挨拶すると、小さな声で「ダンケ」と言ってニッコリ笑った。使い込まれた貫禄あるナイフを見せてもらうと、そのスイス製のナイフは私のと同じ形だが、表面の赤い塗装が少しはげていた。子供でもそこまで使っている証であり、ナイフを扱う歴史のちがいを痛切に感じた。

タニシの春

町田市はれっきとした東京都である。都心の南西三十キロ、三方が神奈川県に接している細長く緑濃い丘陵地帯に囲まれた街だ。だが都区内の人々にはその実際の姿が知られていない。町田市はもともと神奈川県だった。昭和三十三年に町田町、鶴川村、ほか二つの村が合併し、東京都の九番目の市として生まれ変わったのだ。

それにしてもこの十年あまりの町田市の発展ぶりは飛躍的なものがある。人口も四十万を突破した。しかしまだその全貌は都民全体には伝わらず、依然として重く暗いベールに隠されている。

ＪＲと小田急線両駅のまわりの整備事業が終わった現在、昔の面影はまったくない。新宿、横浜、八王子、藤沢と、どこへでも三十分で行ける便利さのため大学や予備校も多い。

あとは理想をいえば、多摩からモノレールをのばし、渋谷から地下鉄をのばし、新幹線を乗り入れさせ、近くに飛行場を造り、サッカーチームを強化し、ゆくゆくは町田五輪を誘致して成功させたい。今後町田市は商業都市、福祉都市、文教都市として大きく発展し、日本の町田、いや世界中から注目される国際都市になるはずだ。

そんな偉大な街から出ていったのが息子と娘である。だが鮭が故郷の川に戻ってくるように、いつかは帰ってくることだろう。

長いこと教員をしていた妻も来年で定年である。これまで夫のわがままや度重なる不貞にじっと我慢していた妻も、「来年は自由にさせてもらいます」となにやら決意は固そうだ。

そうなると我が家では、十歳をこえた黒い犬と一人の老人だけで、田圃の小川に棲む田螺《タニシ》のように身をひそめて生きていかなくてはならない。

そういえばタニシを知らない人がいる。昔は町田でも霜が溶けた丘陵部の田にタニシを拾う人々の姿があったが、農薬の使用によって激減した。我が息子もシジミは口にしたがタニシは食べたことがない。

タニシは淡水産巻貝の総称である。水田や池沼に棲み、北海道から沖縄までひろく分布していた。旬は冬から春にかけてで、さっとゆがいたアサツキと酢味噌で和える「ぬた」で食べるのが一般的である。コリコリした歯ごたえがいかにも日本のつまみといった味で、日本酒には欠かせない。

「田螺鳴く」は春の季語で、歳時記には「実際は鳴かない」などとあるが、春がくるとタニシは本当に「ジーッジーッ」と鳴くらしい。雪国では人も草木もタニシも暖かい春を待ちわびているのだ。

東北地方ではつぶらな姿形をしたタニシを「ツブ」と呼んでいる。三月三日の雛壇にタニシ料理を供えるところも多い。

ツブの食べ方は、まず水に浸して泥を吐かせ、何度も水洗いし、串を使って殻から身をはずす。やはりアサツキと酢味噌で食べるのが美味しい。

山形では「吸いツブ」という風習があると聞く。見合いの席に竹の長楊枝を添えたツブ汁を出す。うつむいてモジモジしてばかりいる娘も、ツブを取り汁を吸い、長い楊枝で食べる時は顔を上げざるをえない。こうして相手と顔を合わせるのだ。なんとも人情味あふれる風習ではないか。タニシが東北人にとっていかに親しみのある食べ物であったかをうかがわせる。

町田の居酒屋で、このタニシ料理を出す味わい深い店がある。町田には謎が謎を呼ぶ商店街が数多く存在するが、「町田のアメ横」と呼ばれる仲見世商店街の近くにカウンターだけのあやしい飲み屋がある。

まず主人の風貌があやしい。丸みをおびたタニシ顔なのだ。イスに座っても挨拶はないが、悪い感じはしない。

たいしてメニューはないのにキンキの煮付けなどを注文すると「さすがお目が高い」と言い、「ダンナだけに教えちゃうけど、この魚は相模原の総合卸売市場で買いました」などと話題もひとひねりさせている。町田周辺の情報にいたって詳しい。

三月をこえると時々タニシが出てくる。頼むと「さすがお目が高い。ほかの客とちがいますね」と持ちあげてくるが、飲み屋でタニシおやじにほめられても、うれしくともなんともない。

「このキコキコした歯ざわりとアサツキの酢味噌和えは春の膳には欠かせないね」おしゃべりを続けながら、「お酒は一人二合半までね」とピシリと言う。大きい徳利は二合入りだから一人一本と少し飲んだら家に帰ってくれということだ。ただしビールや焼酎は大目にみてもらえる。

「このナガタニシは琵琶湖の特産品で、形も大きいし、いけるだろう」殻高は六センチもありフタは赤褐色をしている。

「タニシはいいね。タニシには人情があり、謙虚である」

「ダンナもう二合半いったんじゃない」

「まだ二合だけで半はこれから」

タニシを出すこの飲み屋はいつ行っても混んでいる。もともとカウンターに七、八人も座るといっぱいでトイレも外という狭い店だが、値段が安いうえにつまみもうまいので、五時の開店と同時に席が埋まり、後ろで立って飲んでいる人もいるくらいだ。客層は圧倒的に中高年のおやじたちで、たまに若い女性客が入ってきたりすると、店の中がパーッと華やかになり、みんなじっと息をこらして飲んでいる。

おやじどもは酒が入ると声が大きくなり、相手が聞きもしないのに「このところ陽がのびたねえ」などと勝手に話しだす。そんな中にもっとも人の話を聞かない私も参加するのだから、店内はつけっぱなしのテレビのようにうるさい。そして主人はそんな一人一人に相づちをうっている。

客が「タニシがうまいねえ」と言えば「タニシだよね」、「タニシは春」「春だねえ」、

「もう帰るよ」「帰るかい」、主人はただオウム返ししているだけであるが、こういう飲み屋の会話を聞いていると酒がすすむ。自分で厚手のコップに酒をつぐ。ここではまどろっこしいお猪口は出さない。

酒を手に他人の会話を聞いているのは楽しいものだ。

「町田も変わったねえ」「変わった変わった」

「相模大野《おおの》も大きくなったねえ」「大きくなったなった」

「橋本の駅ビルもすごいねえ」「すごいすごい」

夕方、五時から飲みはじめると、だいたい長くて一時間半でお開きになる。全員が一人で来ているので、その点はきっちりしている。

私は自他ともに認める酒癖の悪い男である。酒を飲むと時おり無性にからみたくなる。

「タニシか。タニシなんて何を生き甲斐にしてるんだろう」

「タニシだタニシだ」

この主人が相手だとケンカにならない。

「それはお客さん言いすぎでは」「ちょっとその言葉はタニシには」などと少しでも反論してくれれば、

「うるせい。なにがタニシだ。琵琶湖の底でしばらく寝ていな」と意味不明なタンカが切れるのだが、タニシ人間相手ではどうも暖簾《のれん》に腕押しである。

こういう時にポケットに携帯電話があるとつい誰かと話したくなる。飲み屋で携帯をかけるのは他人が聞くとわずらわしいものだが、このごろは誰もが平気で大声で話している。

ふいに息子にタニシを味わわせたくなった。建築現場の仕事は暗くなる六時には終わる。酔った手でボタンを押した。

「よう息子か、元気か」「ああ」「いま町田で飲んでいるけど」「ああ」「お前は前にタニシを食べたことがないと言っていたな」「ああ」「いまオレはタニシを食べているんだ」「ああ」「タニシはうまいぞ」「ああ」「町田に来ないか」「ああ」

そう言って息子の携帯は切れた。

大人の桃源郷

「最後の楽園」「とっておきの別天地」「南海のパラダイス」「現代の桃源郷」こういった言葉に私は激しく反応する。テレビの旅番組で「ここは手つかずの自然が残された桃源郷です」などという浮ついたレポーターの声を聞くと、箸が止まりついつい食い入るように見てしまう。

人はいつも「ここより他の場所」へと幸せを求め旅に出るものだ。これまで内外をずいぶん旅してきたが、はっきり言って理想の楽園など一つもなかった。安らぎが得られたためしはなかった。英語で「飲み物は」と声をかけてくるボーイが疎ましくて仕方なかった。

ヨーロッパ、アメリカ、南の島とあちらこちら旅をしてきたが、いつも何かしらに追われ、気ままな旅とはほど遠く、セカセカと一日中歩いているネパールの山歩きが一番性に合っていた。

何年か前に、長野の温泉つき別荘地を「ただでくれる」という願ってもない話が転がり込んできたことがある。バブルの頃は「軽井沢の奥座敷、とっておきの桃源郷」と言われた場所である。だが、ただより高くつくものはないので、すぐさま断った。別荘は掃除に雑草取りなど管理に苦労すると友人からうんざりするほど言われていたので、聞く耳をもたない。会員制のマンション別荘も貧乏くさいので誘惑のチラシはすぐさま破ることにしている。

町田市の郊外、多摩丘陵に住んで三十数年たつが、「やっぱりここが一番和む」と最近はあきらめの境地であたりを散歩している。丘陵地帯を歩くことは足腰の健康にもいい。丹沢の山々を眺望できる小高い七国山、民権の森、薬師池公園、町田えびね苑《えん》、ひなた村などいつ訪れても気持ちが落ちつき、明日への活力がわいてくる。

家の近くに「本町田《ほんまちだ》遺跡」がある。この遺跡公園にもよく立ち寄り、原始生活に思いをめぐらす。園内には縄文前期と弥生中期の竪穴式住居がそれぞれ復元されている。

ベンチに座り、ここに住んでいた古多摩人に夢をたくすのもよい。男たちはシカやイノシシを追い、女たちは草木の実を集め、毎日生きることに必死だったのだろう。それでもこの地で暮らすことに決めたのは、ここがもしかしたら桃源郷だったからだ。遠い縄文の昔、秩父や八ヶ岳地方から、黒曜石や翡翠《ひすい》の原石を身につけ、背中には山の幸をかつぎ、人々は多摩丘陵の市場をめざして旅をしてきたのだ。あるいは相模湾

で獲れた海の幸と、この丘陵で交換したのかもしれない。

　素朴な原始の藁葺き住居がある風景の奥には、近代的なコンクリートの高層団地が見渡せる。昔は昼間からブラブラしているのは子供か老人ときまっていたが、最近は団塊の世代が退職したためか、初老というより見た目にはまだ若い五十代後半の男性が遺跡公園にもよく現れる。どの人もこざっぱりとした服装で、肩からさげたバッグの中には地図と一緒にデジカメや双眼鏡が入っている。散歩にしては研究熱心で、こちらが小型のカール・ツァイスの双眼鏡を取り出すと必ず興味を示す。みなこだわりオヤジ連中である。

　そんなある日、隣りの青葉《あおば》区のこども

の国の近くに、すごく感じのいい商店街ができたという噂を聞いた。名前がそのものズバリ「桃源郷ビレッジ」である。町田からは横浜線に乗り、長津田駅でこどもの国線に乗り換えて、終点こどもの国駅で降りる。娘たちがまだ小さかった頃に何度かプールに連れてきたことがある。雑木林をそのまま活かした自然の遊び場で、約三十万坪の広大な敷地を有する。プール、サッカー場、ローラー滑り台、サイクリングコースと、子供たちが大喜び請け合いの公園である。牧場もあり、牛や羊が放牧され、ウサギを抱くこともできる。

その隣りに桃源郷があった。建物はどれも木造二階建てで、電線を地下に埋めているので空が広い。入口で地図をもらうと、なんと本屋が四軒もある。無料の電気バスが走っており、自由に乗れる。

とりあえず全国各地の日本酒おためしコーナーに向かった。うれしいことに富山の名酒立山や、八海山もある。昔から山の名がついた日本酒を飲むことにこだわっているが、隣りのおやじも同意見であった。「やっぱり山の名の酒はすがすがしくて背筋がのびますねえ」つまみは百円均一でサンマの刺身がうまい。だらだらしていると遺跡で会ったこだわりダンナに遭遇した。「あれ、もうやっているの」と笑っている。ここの店は深夜十二時まで開いているというからすごい。

こどもの国は旧日本陸軍田奈《たな》弾薬庫補給廠跡である。桃源郷ビレッジはその隣りにあった。米軍から返還された土地に国費と民間企業の協力で建設され、「大人の夢の村」をスローガンに今秋オープンしたのだ。

ブックス桃源郷に入ってみると、うれしいことに本の雑誌が推薦した本がすべて並んでおり、この数年の在庫のあるものが棚にキチンと収められていた。ただしこの書店では無駄な経費を省くためカバーや本を入れる袋のサービスはなしである。一方、店員は赤い三角帽子をかぶっており、どんな質問、難問にも答えてくれるのだ。「枯山水についての本」を尋ねたら、倉庫から何十冊もかかえてきてくれた。五冊以上は送料無料で自宅に送れる。笑顔がすがすがしい女性店員の帽子についていた名札は「山雀幸子」であった。

隣接した児童書専門店の品ぞろえも立派であった。二階は回廊にぐるりと囲まれ、子供たちの描いた絵が飾ってある。ここの書店員は緑の三角帽子をかぶり、エプロンにはイルカのマークがついていた。

自然食品のマーケットは、こどもの国の乳牛の搾りたてミルクで作られた乳製品に地元の野菜など、どれも驚くほど安い。

そして楽器通りを歩くと、ギター、ピアノ、管楽器と百メートルも店が連なり、ギターでもフェンダー社のものだけと、専門化に徹し、磨かれた中古のエレキギターにうっとり見とれてしまう。なんと三日間にかぎり、傷をつけない約束で自宅に持って帰れるというから感激する。譜面、レコード、CDの店も充実しており、これでは御茶ノ水の楽器店もかたなしである。店員の一人は、「つい先週、わざわざアメリカからエリック・クラプトンもギターを探しに来たんです」と赤い日本製のギターをかかえている写真を指さした。

楽器通りの次はアウトドアショップが続いており、山道具の分野でも、エベレスト、アンナプルナ、マッターホルンとストレートな店名で、エベレストの店ではこれまで歴史的な登頂で使用された酸素ボンベが展示されている。そして無酸素で登ったラインハルト・メスナーの推薦文もあった。高尾山という店では、野鳥や高山植物、さらに滝に打たれる修験者の写真集まであった。

少し歩き疲れたので、ビレッジの真ん中にあるミカンの木に囲まれた休憩所でひと息ついていると、十年前にヒマラヤで亡くなった群馬の友人が笑いながら手を振っている。「よう、どうしていたんだよ」夢中で駆け寄り抱きつく。相手は雪焼けでまだサングラスのあとが生々しい。「ごめん、しばらくカトマンズで暮らしていたんだ」「なんだそうだったのか、でも生きていてよかったなあ」思わず涙がにじみ、手でぬぐうと、相手は「エベレスト正面の壁は厳しかったが、登ったよ」と豪快に笑った。

その友と川を渡ったフレンチレストラン「ルー」に入っていくと、入口に立つボーイが「ボンソワール、ムッシュ」と挨拶してきた。店名は〝狼〟という意味らしい。

山の友人が「ここの羊の香草焼きはいけるよ」とすすめるので、赤ワインと一緒に注文する。日本酒をたらふく飲んだあとの赤ワインはずしんときく。だいぶ酔ってきたなと顔をあげると、友人はいなくなっており、ポツリと一人残されていた。あわてて近くのボーイに尋ねても「初めからお一人でした」と不思議そうに言われるだけだった。

「お水をください」茫然と注文すると、「アクアですね」と言う。アクアはフランス語で水か？ ボーイとの会話が面倒になってきたので、席を立とうとすると、「アクアがまだ届いていないので」と両手で席につかせようとする。「もうお水はいいです」「アクアは体に大切です」なんなのだこいつのしつこさは。ふたたび立ち上がろうとすると、体格のいい若者が「ここの秘密を知った以上簡単には出られませんよ」と脅しをかけてくる。

「米軍から返還された時の条件の一つで、アクアはフランス製の瓶に詰めるようきめられたのです」なんとついに支配人まで出てきた。

「うるさい、ただの水だろう」そう大声をあげ、悪夢から目が覚めた。

今週、もしかしたらこどもの国の周辺を歩いてみる。

終の住処

　都内にあった仕事場を引き払って早いもので三年がたつ。その際、自宅の裏側を改造して納戸のような部屋を造ったが、本や資料、絵の入った大小おびただしい数の額を収めると、人が出入りすることも不可能な倉庫状態になってしまった。家で一人で仕事をしていると整理整頓にも限界があり、このまま死ぬまで手がつけられない運命かもしれない。

　仕事用の机があるもともとの部屋にも、天井まで届く大きな本棚が侵入し、さらに絵を描くさまざまな道具が室内を圧迫してくる。新聞紙をひろげたような大きな絵を描く時は「もっと広い部屋があったらなあ」と思わず手が止まる。大きな水彩画を描くためには、厚めのベニヤ板に紙をのせ、周囲を水張りテープでぐるりとおさえなくてはならない。テープで固定しないと、紙の伸縮で絵がゴワゴワにゆがんでしまうのだ。そうなったら二度ともとには戻らない。

　したがって絵本などの絵を描く場合は部屋の四隅にベニヤ板がぐるりと並ぶことに

なる。何度も絵の前にひざまずき、あれこれ思案にくれる。そんな時にかぎって黒い犬がドアを押してのっそり入ってくる。においに敏感なクロはベニヤ板と絵の具に興味を示し、鼻をこすりつけて絵に黒い毛をつける。犬を足でどけながら「もっと広い部屋が……」という言葉がまた頭をよぎる。

　仕事場としてどのくらいのスペースを希望しているのかと訊かれると、贅沢を言わせていただければ、小学校の教室ぐらいの広さが欲しい。自分が子供の頃に通った木造校舎の板張りで窓の多い教室風景にあこがれる。

　先日、何気なく建築の本を開いていたら、小中学校の教室の広さは基本一律で、六十四平米ときまっていると知る。音楽や美術の授業のための多少広い教室もあるが、だいたいは同じ面積で、明治時代に基本設計がなされたものらしい。当時はこの広さで八十名の生徒が授業を受けていたという。私が小学生の昭和三〇年代は五十五名いた。今は四十名を切るぐらいだそうで、だいぶゆったりとしている。「黒板の字が見える広さ」が学校の教室の最低ラインかもしれない。

　教室の出口は二ヵ所以上設けなければいけない条例があり、天井もある程度の高さを定められている。天井は高いほうがよさそうにも思うが、逆に低いほうが授業に集中できるという調査結果も出ている。もっとも天井が低いと圧迫感もあり、音が響く、掲示スペースが狭いなどの問題もある。

「まあ何でも大きければいいというもんではないんだな」とページを閉じつつ、思いは小学校の校舎へ飛んでいく。

小学校の教室で好きだったのは理科室であった。実験用のビーカーや試験管、鉱石の見本、ひっそりと奥のほうで立っている人体模型と、独得なにおいと雰囲気があった。

ある夏の午後、誰もいなくなった放課後に理科室の前を通ったことがあった。ドアを開くと、薄暗がりの中にボーッと浮き上がった人体模型が目に入った。足音をたてないように近づき、恐る恐る手をのばすと血管の凸凹が指で感じられた。ドキドキしながら胸のあたりをそっとさわってみた。ひんやりした感触にわきおこった生々しい情動で体がふるえた。

小学校の教室ぐらいの部屋をいくつも持っている知人がいる。富山は立山連峰の麓で家具製作をしている友達である。広い敷地の中に自宅、家具工場、展示室など点々と建物がある。仲よくしていた親分は数年前に癌で亡くなったが、四季折々本当によく遊びに行き、会うたびに深酒をくりかえした。私の自宅の家具はすべてここでつくられたものである。

横長の板を張り重ね、白いペンキを塗っただけの簡素な三角屋根の建物は、彼がつくる家具のようにシンプルに高原に輝いている。ゆったりした室内で大きなスピーカ

ーから流れる音楽を聴いていると、物にあふれた狭苦しい我が家がつくづくみすぼらしく思えたものだ。

だが人はよりそって生きていく動物である。どんなに広い部屋があっても、ふだんはキッチンの横の丸いテーブルの前に家族や知人が集い、食事をし、酒を飲み、小型のテレビを見たりラジカセでCDを聴いていた。雪の多い国では広すぎる空間は不便このうえもない。

歳をとってきたせいか、バリアフリーの記事をチェックするようになった。風呂や階段には手すりをつけたが、ちょっとした敷居の段差も転倒の原因になる。老後を元気に生きのびるためには、義理はともかく転ばないようにがモットーになる。

そして何事にも人間には身の丈の暮らしが大切であると諭される。たいした仕事ができるわけではないので、今の部屋で充分かもしれない。「終の住処」を知れば知るほど、多くの人や建築家が「小さな家」がいいと口をそろえる。玄関も床の間も応接間もいらない。しょせん「起きて半畳、寝て一畳」で満足でしょうと言われる。『方丈記』を書いた鴨長明は五十歳で出家し、組み立て式の今でいうトレーラーハウスのような家で各地を転々とした。その見本を見た時、「こんな狭い部屋だったのか」と胸を打たれた。

だいたい作家や画家で、窓から広々とした山や海が一望できる部屋に住んでいる人がどれだけいるだろうか。別荘はともかく、多くの作家の書斎の写真を見ると、本棚に囲まれ、資料が机の上に山積みにされ、あちこちにベタベタとメモの紙が貼られている。

さらに本腰を入れて書く時は、眼をつりあげ髪を振り乱し、鬼のような形相で原稿用紙を埋めていく。まるであえて居心地の悪い部屋に自分を追い込んでいるかのようだ。

二十世紀最高の建築家と言われたル・コルビュジエのカプ・マルタンの休暇小屋を写真で見たことがある。八畳ほどの小さな丸太小屋が地中海を見下ろす崖の上にぽつんと建っており、「さすが巨匠」と納得した。人のために建築をする時は命を削って奮闘するが、自分の住む家となると、内部はベニヤ張りのいたって安普請な造りになる。最小限のスペースでの快適な暮らしを知っているのだ。まさに胎内空間のような部屋だった。

彼はその近くに仕事部屋も造ったが、それも工事現場用のバラックを解体したもので、四畳ほどしかない。机とウィスキーの箱にペンキを塗った椅子だけのガランとした部屋である。夏になると毎年のように妻とここを訪れて、次なる巨大な建築物のプランを練っていたのだ。コルビュジエはこの小屋の下の海岸で泳いでいる時に急死した。享年七十七歳。愛妻とともに丘の上の墓地に眠っているという。

終の住処といえば、自宅から歩いて三十分ほどの鶴川の地に、白洲《しらす》次《じ》郎《ろう》・正子《まさこ》夫妻の住んでいた自宅がある。「武相荘《ぶあいそう》」と言われ、現在は夫妻の日常を垣間見られる記念展示館となり、自由に見学ができる。ティールームやショップ、ギャラリーと季節によって装いを変えるので、何度か足を運んでいる。

大きな屋敷の門をくぐると、石畳が続き、高台の鬱蒼とした雑木林に囲まれた家にはいつも涼しい風が吹いている。

白洲次郎は六十歳を過ぎても鶴川から白いポルシェに乗って軽井沢の仕事場まで通っていたというから、カッコイイ男の見本のような人物である。妻は美術品や骨董に詳しく、文筆家として輝きを放った白洲正子。その書斎も見られるが、初めて訪れた時は雨が降っていたせいか、薄暗く、なんとも憂鬱な気分になる部屋であった。机の上に執筆中の原稿用紙がひろげられ、愛用のモンブランの万年筆とインク、時計が置いてあるが、美術品や骨董品は室内にはなく、殺風景そのものである。開け放たれた窓からは苔むした石垣しか目に入らない。

おそらく白洲正子はこの部屋に入るなり窓の障子をぴたりと閉めて、自身が執念を燃やした「美しいもの」に対する愛情を書きつづけていったのだろう。書斎はまさに戦場であり、本と辞書、辞典だけでよかったのだ。

のちに晴れた日にも訪ね、あらためて書斎を覗いたが、同じように薄暗く、原稿への情熱だけが充満していた。これほど苛烈なエネルギーを感じる部屋を見たことはない。

崩れの季節

今年の夏の豪雨のすさまじさには、これまで感じたことのない恐怖を味わった。我が家は町田の郊外の小高い丘の上にある。あたりは緑が濃く、丘陵と谷戸が重なるように連なっている。

強風の時は三角屋根がギシギシゆれるし、雷鳴も響く。雨がひどくなれば崖崩れは大丈夫かなどと不安はつのる。だがそんなことを心配しながら、三十年あまり平和に暮らしてきた。

この夏の集中豪雨は町田にも記録的な大雨をもたらした。ふだんはほとんど水が流れていない川も氾濫寸前で、幹線道路はあちらこちらで水没し、人々は車を放置して逃げまどった。屋根にたたきつける雨の強さに瓦に穴があくのではと本気で天井を見上げた。

この異常気象はこれまでの傲慢な人間へのしっぺ返しのようなものだ。まるで天が音をたてて崩れ落ちてくるような雨を見ていると人間の思考は停止し、狂ったように走る稲妻を放心して眺めているしかなかった。

翌日、犬を連れてあたりの被害状況を調べに出た。丘の上にあるので、宅地造成のために人工的に切り取られた斜面が人々を不安にさせる。近くにはいつ崖崩れが起きてもおかしくないような場所がいくつもある。まるで城壁のようにコンクリートの壁が立ち、排水用の穴から鉄砲水のように水が噴き出している。

いつもなら午後には水がおさまるのに、連日の大雨で何日もじわじわと乾くことがない。さらに注目されるのは丘の下の道路に面した赤土のハケのようなところだ。まるで水路があるかのように水が噴き出している。犬にその水を飲ませようとすると後ずさりして尻込みしている。そっと手をのばし口にふくむと苔が溶けた雨の味がした。

水が湧き出しているところをよく見れば、細かな砂が押し流されている。この一帯は関東ローム層と呼ばれる土で覆われている。古富士、箱根の火山が爆発した時に噴き上げられ、風に運ばれ降り積もったいわゆる「赤土」が主体だ。

赤土は水に弱い。いつかもろく崩れる時がきっと来る。この丘もやがて大雨によって崩壊していくのだ。町田の何の保証もない赤土の上に家を建てて三十年がたつが、このことに初めて気がつき愕然とした。

水の流れつづける崖に妻を案内し、この丘がいかにもろい土地なのかを説明したが、「形あるものはやがて崩れ、水は低きに流れ、愛は常温に戻る」と少しも感情的にな

らず落ちついていた。

「そうか、やがてこの丘も消えていくのか」そう思い、あたりを見渡すと多摩丘陵の波うつ大地がさびしくはかなげに見えた。

地殻活動が続くかぎり大地は絶えずじりじりと動き、山奥の谷では落石の乾いた音が今日もしじまを破って響いていく。

山登りが好きな人は日本中にある崩れをこれまでたくさん見てきたはずである。中でももっとも有名なのが富士山の大沢崩れだろう。また、日本三大崩れというものも知った。富山県は常願寺川上流の鳶《とんび》山崩れ、静岡県安倍《あべ》川《がわ》上流の梅ケ《うめが》島《しま》温泉近くの大谷《おおや》崩れ、さらに長野県の稗《ひえ》田《だ》山崩れである。

立山連峰の麓を流れる常願寺川の急流

の凄さは、親しい友達がいたこともあって、その上の谷深い称名川《しょうみょうがわ》とともに何度も目撃している。とりわけ雨の日の常願寺川は激流を轟かせ、まわりの岩を剝がしながら海まで落ちていく。山から海までの距離が日本でもっとも短い川で、こういう川を急流荒廃河川という。

　幸田《こうだ》文《あや》の『崩れ』（講談社文庫）を開いた時は驚き、絶句した。山、湖、川を旅する作家の紀行文なら納得するが、誰も振り向こうとしない「崩れ」を見るためだけに、齢七十二歳体重五十二キロの老作家が、悪路を越えて崖崩れの近くまで足を運ぶのだ。「崩れ」という目を覆いたくなる場所、時には山歩きより危険を伴うところへなぜ彼女は行かなくてはならないのか？　読者はページをめくりながら、知らぬ間に「崩れ」に惹かれていく。

　読み進むうちに、幸田文がなぜ「崩れ」に導かれていったのか、その謎が解けていく。自然界の弱い場所が「崩れ」になる。この弱いという言葉に彼女は鋭く反応する。美しいブナ林や雪渓、お花畑といったものにはまったく興味を示さず、「崩れ」と聞くと身を乗り出し、憑かれたように旅に出る。

　解説を川本三郎《かわもとさぶろう》氏が書いているのだが、実に愛情深く、しかも深い洞察力に納得させられた。文庫の解説にこれほど読み応えのある文章が載っているのはうれしいことで、この本が二重に愛おしくなる。

「崩れ」という言葉を、ある身分や職業に組み合わせることがある。たとえば編集者くずれとか、画家くずれ、学生運動家くずれ、ミュージシャンくずれなどである。ある職業のなれの果て、完成せずに途中でダメになった人間のことを言う。現在は三万に近い種類の職業があると言われるので、その崩れの多さも半端ではない。だがこの崩れた人間こそが文学作品の最大の魅力になる。

そういえばこのところのファッションも「崩れ」のオンパレードである。人も服装も政治も雪崩《なだ》れ込むように崩れていく。

さて町田には高原《たかはら》書店という大型の古本屋がある（二〇一九年五月に閉店）。五年前までは駅近くのビルの中にあったが、現在は駅から五分、元予備校だった四階建てのビルに移った。一階から四階までそれぞれ小さな部屋に分類され、二十万冊が管理されている。さらに徳島の倉庫ではなんと千坪の広さに百万冊を常備している。町田にない本も徳島倉庫にあれば数日で届く。

この古本屋が好きなのは、全体にゆるいところだ。時には「本棚崩れ」を起こしているコーナーもある。本棚崩れとは、本が隣りの本に寄りかかり斜めになっているところだ。

よくあるような老舗の古本屋で、初版本を専門に扱っていたりする店が逆にもっとも苦手である。どの本にもパラフィン紙がかかり、隙間なく本棚が埋められているところは、次に行った時も本や棚の位置に変化がない。古本屋を散歩する楽しさがないのだ。

　古本屋の一番の楽しみはぶらぶら本棚を覗きながら「あっ、安い」「この本やっと見つけた」というわくわく感や達成感を得られることだ。したがって高原書店の本棚崩れの状態がちょうどよい。斜めに倒れた本を見る時は体も斜めにすればよい。各階を流しているうちに体もこなれ夕方からの酒もうまくなるというものだ。

　さらに店員の素早い応対、身のこなしも、横柄な古本屋が多い中で人の気持ちを穏やかにさせる。児童書や絵本も充実しており、各階にある椅子は体を休めるのによい。作家の生原稿が何十万円という値段がついて飾られているが、これも眼の保養になる。一階から四階まで本棚崩れを起こしている古本をよりわけて進んでいくのは知的な冒険であり、あちこちで思わぬ発見が待っている。本好きの人が町田に来て高原書店に寄らないのはもったいない。

　少し前まで駅の近くに遠藤周作《えんどうしゅうさく》の色紙が飾られた、手頃で美味しい焼き鳥屋があり、ここで手にした本を開くのを楽しみにしていた。だが現在は更地になり、立看板を見ると四階のビルが建つことになっている。また昔のように一階は焼き鳥屋が再開したらうれしい。

そういえばこの焼き鳥屋でよく相模大野の友人と文学論を交わしながら飲んだ。相手は「酔っぱらいくずれ」とこちらを指さしたが、二年前に胃癌で亡くなってしまった。

それから一カ月して不吉にも秋の長雨が始まった。雨はシトシトと際限なく降りつづき、あたりは本格的な崩れの季節に入っていった。

冬のみぞれ鍋

最近書店に入ってつくづく感じることは、料理の本が平台に積まれて、店頭のほうにじわじわ進出してきたことだ。ひと昔前は婦人雑誌の後ろにひっそり並んでいたのに、今では占いコーナーを押しのけ、料理本の黄金時代を呈している。グラビア写真をふんだんに使い、野菜・魚・肉とこまかく分類された雑誌や書籍が見る人に「簡単だよ。美味しいよ」と迫ってくる。さらに料理関係本は男性コーナーにも押し寄せ、自動車やオーディオ雑誌の横に『おつまみ横丁』（池田書店）が山積みされていたりする。

私はこれまでまったく料理の本など見ることはなかった。家の食器棚に置いてある暮しの手帖社のロングセラー『おそうざい十二カ月』『おそうざいふう外國料理』をたまに開くぐらいである。この本は妻が結婚する時に持ってきたもので、彼女は三十年たった今でも時おり台所の片隅で「これ美味しそうね」と言うが、その料理を作ったことはない。嫁に行った娘はこの本をずいぶん愛用していた。レシピのところに鉛筆で書かれた「ここがポイント」という中学生のつたない文字がいじらしい。料理本は献立に迷った時に役に立つというが、我が家はこの本でドイツ風ロールキャベツ以外食べたことがない。本を開いても結局いつものハンバーグや餃子、カレーになってしまう。ならば料理の本など必要ないのにと思うが、「これを作ったら美味しいだろうな」と夢をもてるだけでいいのだろう。

中年おじさんが定年退職してから興味をもつのが料理だ。楽器や山登りや英会話や木工より手っ取り早い。男はまず道具から入る。すぐにプロの料理人が使用するような包丁や重い鍋をそろえ、続いて本を買い、香辛料を集める。だが作った料理は美味しくない。首をひねるが、これまでニンジンの皮もむいたことのない人間が、いきなりスペイン料理のパエリヤやオニオンスープに挑戦してうまくいくわけがない。やはり初心者は納豆に入れるネギの刻み方から始め、白いご飯をうまく炊くことをおぼえなければならない。

団塊の世代は本屋に走る。行ってみると男性向きの料理本があることあること。「ともかく夢だけでもいいから」男は悟りながら、料理の入門書を探す。なるべく簡単で家族に喜んでもらえるものを選び、勇んでエプロンをかける。

私が買った十冊近くある料理本の中でよく開くのは、高山《たかやま》なおみの『おかずとご飯の本』『野菜だより』（アノニマ・スタジオ）の二冊である。全体に白っぽいシンプルな造りの本で、一ページに一品料理とスッキリまとめられ、写真が生き生きしている。見た目に「うまそう」と感じさせるのだ。夕方になんとなくこの二冊を眺めていると穏やかで幸せな気持ちになってくる。もっとも、この本を見てどんな料理をマスターしたかと言われると沈黙してしまう。

「湯豆腐」と「カブの厚切り焼くだけ」この二点は完璧である。高山なおみシェフの本により、湯豆腐には長ネギもいいが水菜がいけると認識した。また、カブの厚切りはフライパンにオリーブオイルを入れて強火にかけ、カブを並べて黒胡椒をふり焼くだけだが、実に酒に合う。ワイン・ビール・日本酒・芋焼酎と実験をくりかえしてきたが、口にするたび一人深くうなずいている。冬はカブがみずみずしいので、漬物とこの「焼くだけ」で満足してしまう。

ご飯のおかずというより酒のつまみ、アテに思考が傾くほうなので、家族の者と鍋を囲む時に険悪な雰囲気になることがある。鍋はみんなで仲よく汗をかきながら食べるから家族円満というイメージがあるが、エビもカニの足もハマグリもイカも白菜もほうれん草も一緒に入れる寄せ鍋風が苦手である。

日本酒をチビチビ飲みながら「次は豆腐を入れて、グラッとしたら」と思っているうちに、牡蠣を入れられると、つい「鍋にもルールがあるんだ」と声が荒くなる。妻や子供たちはご飯のおかずとしてどんどん具を放り込み、フーフーして食べたいのだ。

喧嘩をしないためには別行動を起こすことだ。登山用の小さなコンロを取り出し、自分だけの鍋に没頭していく。まず冷蔵庫から秘伝のタレを出す。海苔の佃煮の入った瓶に青トウガラシを大量に細切りし、酒としょうゆを半々に入れたタレで、鍋の時は必ず登場する。さらにユズやカボスも欠かせない。鍋に入れる具は三種類までである。具は少ないほうが美味しい。

すき焼きも牛肉と青ネギだけだと極度な緊張感が生まれ、うまい。豆腐やしらたきは邪道だ。信じられないことにお麩を入れる輩もいた（だがうまかった）。豚肉とほうれん草の常夜鍋も二種類だからこそ飽きがこない。寄せ鍋はそれぞれの味が重なり、最後はおじやがいけると言う人がいるが、おじやを食べるために鍋をするわけではない。

家族の明るい声を無視して横で一人で小鍋をつついている父親を子供たちはどう見ていたのだろうか。「焼き肉はみんなと食べたほうがうまいけど、鍋は一人にかぎる」家族の前で叫ぶと息子はテレビのボリュームをとたんに大きくした。

私の好きな鍋は自分で名づけた「みぞれ鍋」だ。一人前に大根四分の一を皮ごと粗くおろし、土鍋に酒と一緒に入れ、あとはタラ、長ネギの白いところ、豆腐と静かに食べていく。鍋の中には常に一種類の白いものが入れられる。ここも決してごった煮にしない。全体に「白」で統一していくところに知性を感じる。ハマグリ、白菜、カニの足も白いところが多いのでいいだろう。薄く切ったカブもいい。そして例の秘伝のタレにポン酢だ。血液をサラサラにするためにニラも入れたいが、緑なので我慢する。だがレタスは許す。

みぞれ鍋はお寺の食事と似て、かすかに禁欲的な感じのする鍋だ。酒飲みには鍋は気忙しくてイヤだと言う人がいるが、みぞれ鍋は常に一種類の具しか入っていないので、ゆっくりと進行できる。最後は白いモチを入れて終わる。ふと外を見るとみぞれまじりの夕方だ。

これからの季節の食卓は鍋が並ぶ。湯豆腐、水炊き、すき焼き、タラチリ、つみれ鍋、寄せ鍋、石狩鍋、きりたんぽ鍋、芋煮鍋、牡蠣の土手鍋と続くが、ぜひともみぞ

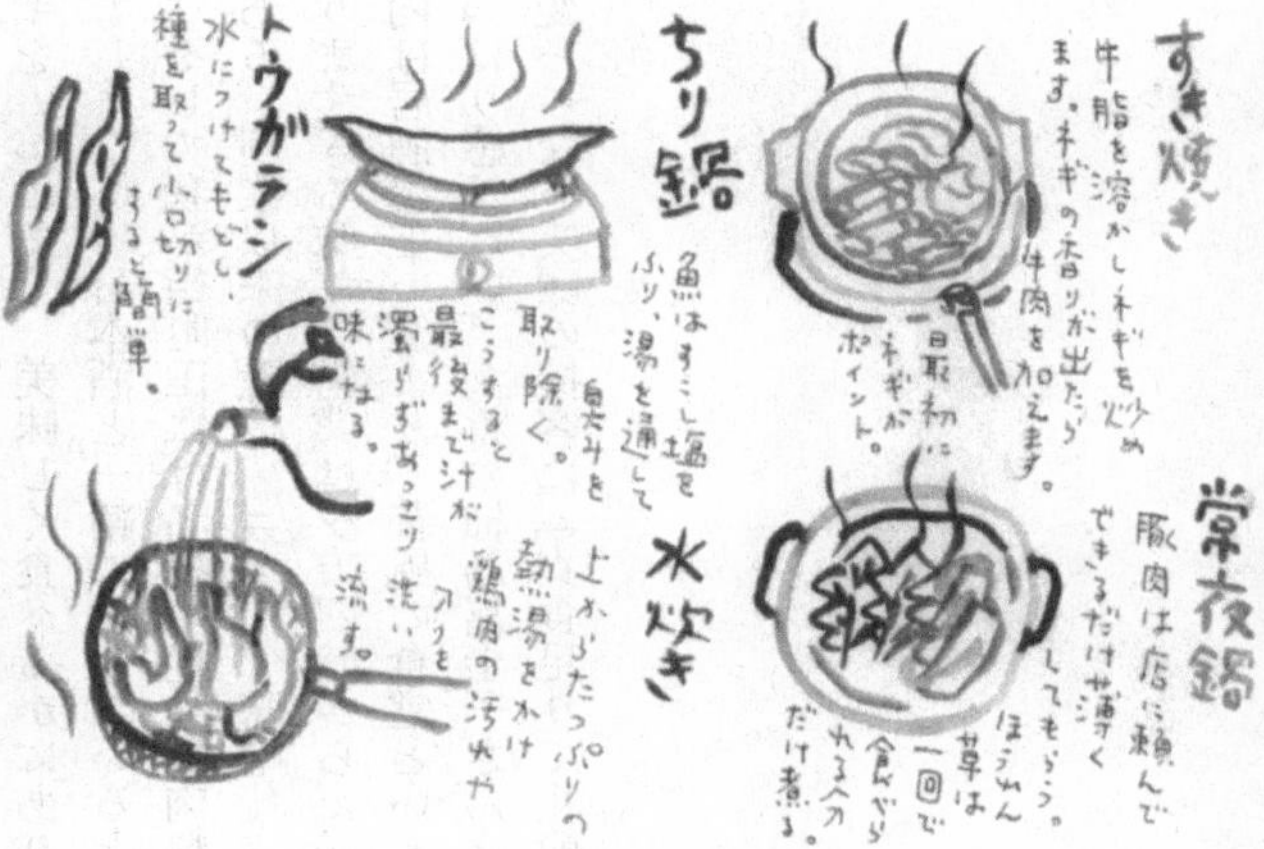

れ鍋もそこに加え、全国にひろめてほしい。心がけとして中に入っている具は一種類だから、欠点はご飯のおかずとしての華やかさがないことだ。だが団塊世代から上の人たちには拍手をもって迎えられるだろう。

　こうした鍋の中で家庭でほとんどしないのが、どぜう鍋と馬肉の桜鍋である。本体が簡単に手に入らないので、店に行くしかない。

　どぜう鍋はきまって真夏と真冬に行く。力が出ない時や風邪気味の時に浅草か深川の老舗のどぜう専門店に足を向けるのだ。やけに薄い鉄鍋にはびっしりとどぜうが並べられ、その上に大量のネギを置く。食べ方の極意はこの大量のネギをのせることにつきる。どぜう鍋の本質はネギをいかに多く、美味しく食べるかにあり、どぜうはもしかしたらただの「ダシ」かもしれない。日本酒と一緒に食べていると江戸時代に戻った気になる。

そして我が街町田には名物の絶品馬肉料理の店がある。創業明治十七年の柿島屋である。創業以来の看板メニュー、味噌仕立ての肉鍋が美味しい。馬刺も一杯やるにはうますぎる味だ。営業は夕方四時からだが、店が開くなり常連でいっぱいになる。店内は居酒屋というより、昔風の食堂といった雰囲気の大きな木のテーブルが並び、さっぱり感がいい。女将の柿島富士子《ふじこ》さんとは二十代の終わり以来の顔なじみ。いつも変わらない笑顔の接客に「衣食足りて礼節を知る」という言葉がふっと浮かんでくる。

山のスケッチ帖
6

ヘッドランプは肌身離さず

ヒマラヤトレッキングは見知らぬ文化の山旅といえよう。高峰に囲まれた村を訪ねると、遠くのほうから子供たちの歌声が聴こえてきたりする。

登山経験の少ない人でも、現地のガイドが親身になって山歩きの手伝いをしてくれるから、一度この至れり尽くせり、おんぶにだっこのトレッキングの魅力を味わうと、毎年カトマンズを訪れたくなる。

何度か大蔵喜福とネパールの山を歩いているうちに、自分も六千メートル級の山の一つに登頂できたらと夢をもつ。私がメラ・ピーク（六四七六メートル）に登ったのは、すでに十五年も前のことではあるが、何かのおりに、その楽しかったネパールの日々を思い返す。トレッキングとちがって頂上に立つとなると、日数もぐっと長くなり、メラ・ピークでは三週間の日程で三名の登山メンバーにシェルパ・ポーターが十数人ついた。

一日の最長歩行時間は高度の影響もあり、長くて五時間といったところである。午後早くにはテント場に着き、のんびり日向ぼっこをしながら文庫本を開いている。メラ・ピークの関門は四五五〇メートルのザトワラ峠越えである。その前の正月に行った時は峠に雪が降り断念したのだった。

このザトワラ峠を無事に通過すると標高はぐんぐん下がり、なんだか日本の南アルプスの雰囲気に似た林の中にテントを立てた。その晩は満月で、月の明るさに驚かされた。

トレッキング中はきまった場所にテントが張られ、焚火の位置もきまっている。近くには登山隊のゴミが散乱しているところがあり、ポーターたちはそんなゴミの中から乾電池を見つけると、大切そうにポケットにしまう。ネパールの山奥で暮らす人々にとって、乾電池は貴重な財産になる。私のヘッドランプの予備電池を物欲しそうな顔をして見つめているので「登山が終わったらあげるね」と言うと、笑みを浮かべてうなずく。

最終キャンプはあたり一面が雪で、エベレストが間近に迫って見えた。朝四時にヘッドランプを点けて出発、山頂には十一時に着き、記念写真を撮ったら一目散に降りる。登りはまるでカメのごとくだが、下りはウサギ状態で速い。さらにテントの撤収だけでなく私のザックも任せろと、シェルパのリーダーは「早く早く下に降りよう」とせかす。

アイゼンをはずして雪面をまるでスキーのように滑り下り、仲間は豆粒のごとく小さくなっていく。雪のあるところは足跡が残っているが、大きな岩がゴロゴロしてくると道が曖昧になってくる。登る時はシェルパのあとをついていけばよかったが、下り道では踏み跡がわからず迷子になるありさまで、一人ポツンと岩だらけの広大な場所に残されてしまった。まことに心細く「こんなところで遭難かよ」と体がこわばってくる。あたりはぐんぐん暗くなってくるのに、ヘッドランプはシェルパが持っていったザックの中なのだ。いくら眼を見開いても墨を流したような闇が近づいてくるだけだ。「山の遭難は下山中に多い」というが、こんな場所で凍え死んだら、それこそ笑いものである。

大きな岩を越えるとかすかにテントの明かりが見えた。溜め息をつき、あとは一歩一歩手探り状態で行くしかない。泣きそうな気持ちでテントの入口を開けると、「どこへ遊びに行ってたんですか」と言ってシェルパは笑った。

坪庭の達人

家も庭も造って三十数年たつと、あちらこちらが傷んでくる。建物のほうは増築もかねて数回手を入れたが、庭は荒れ放題である。

庭といっても犬がやっと通れるほどの小さなスペースで、思いつくままに植えた木で混みあい、体をよじらなければ進めない。垣根も根元が崩れ危険状態である。山で拾った実からすくすくのびた白樺と花海棠《はなかいどう》を残し、手入れをしなくてはならないと思い立った。

鳶職から植木職人になった息子に庭の整理を頼んだ。小さな庭にウッドデッキを敷いて竹の椅子に腰かけ、夜風にあたり月を見ながら酒を飲みたかった。

私は息子の前に、『日本の庭ことはじめ』（岡田《おかだ》憲久《のりひさ》、TOTO出版）をひろげ、京都の町屋にある「坪庭」を説明した。小さな空間の演出として、苔むした石灯籠を置きたい。あるいは小堀遠州《こぼりえんしゅう》の造った庭の写真を指さし、「このようなしぶい石を敷き〝侘びの世界〟を展開してくれ」と希望した。

神は細部に宿るというように、片隅のたった一個の石にも注意を払って坪庭をまとめてほしかった。さらに千利休《せんのりきゅう》の茶室、京都山崎の「待庵《たいあん》」の写真を見せ、「さりげない飛石を」と注文を出すと、息子は腕組みをして「無理だね」とひとこと言った。しばらく沈黙がおり、次に出てきた言葉は「金がかかる」であった。とするならば、室生犀星の『庭をつくる人』（ウェッジ文庫）ではないが、自分で岩と石を選び、運び込むしかない。小さな庭でも桂離宮に負けない自然の景観を取り入れた芸術的な庭園ができるはずだ。

そうやって理想の庭を想像し、陶酔した。坪庭に静寂と孤独を求めていた。

私の家から二十分ほど歩くと薬師池公園がある。薬師池を中心に、梅、桜、藤、花菖蒲、蓮、椿などの四季の植物を楽しめる。町田市を代表する憩いの公園である。鬱蒼と繁った雑木林の奥に福王寺薬師堂があり、銀杏の大木がのびている。さらに、移築された古民家や水車小屋、茶屋と、たっぷり一時間は汗をかいて散策できる。

この公園のいいところは、無料であり、なによりも犬が一緒に入れることだ。朝六時から開いているのもうれしいかぎりで、多くの人が犬を連れて散歩している。私の家族もこの近くに引っ越してきてからは、いつも口喧嘩をしながらてんでバラバラに公園中を散歩している。

だが、茶屋の向こうにひっそりと萬葉草花苑があるのを長いこと知らなかった。万葉集に詠われた花を中心にした小さな庭園である。花も鳥も万葉集も、見ようとしなければ目にはとまらないものであり、ただの風景の一部にしかならない。苑内では、植物の名と万葉の歌、作者が説明板に書き添えられ、人々はうなずきつつ歌を読む。

階段を登りつめると四阿《あずまや》があり、そこからひろがる苑内を見下ろすことができる。思わず自分なりに好きな万葉集の一つでも口ずさみたくなる風景だ。

万葉集には四千五百十六首の歌があるが、そのうちの約三分の一、千七百余首に植物が詠まれているという。だが観賞用の花をうたった歌は少なく、ハギ、コウゾ、アサ、ウメ、ぬばたま（ヒオウギ）、マツ、イネ、アシ、スゲと生活に必要な薬草や染料類が多いというのが、骨太の万葉人の息遣いを感じさせる。

秋の歌で有名な山上憶良《やまのうえのおくら》の「ふじばかま」の一首がある。

萩《はぎ》の花　尾《を》花葛花《ばなくずはな》　なでしこの花
女郎花《おみなへし》　また藤袴《ふぢばかま》　朝貌《あさがほ》の花

この歌の説明板を初めて見た時、思考が一瞬止まった。

「ただずらずらと秋の七草の名を並べただけじゃないか」

憤慨したが、家に帰って万葉集の本を開くと、「山上憶良が秋の野の花を詠んだ歌二首」ときちんと書いてあった。

フジバカマの歌の前に、もう一首ある。

秋の野に　咲きたる花を　指折《およびを》り
かき数ふれば　七種《ななくさ》の花

二首一組で、子供に向かって秋の七草を指折り数えて詠っており、憶良のやさしさと魅力にあふれている。

フジバカマは草丈が一メートルほどのびた初秋に紅紫色の花をつける。なんとも地味な花であるが、万葉の花に詳しい本を見ると、乾燥させるとすばらしい香りがするという。昔、戦いに赴く心ある武士は、鎧兜にこの草をしのばせ汗のにおいを消したそうだ。

小説は眼で読むものだが、和歌や短歌は耳から入り、口ずさむものである。万葉集を知って以来、キングレコードから発売されている「暗誦したい万葉の歌」「聴いて味わう日本の三大古典」「心にしみいる名俳句２００選」「吟じたい漢詩80選」といった朗読ＣＤシリーズをどっさり買った。

萬葉草花苑でもＣＤプレイヤーをポケットに入れてヘッドホンをつけ、花の前で何度もリピートして聴いている。

平日の早朝の公園に若者はいない。すべて定年退職した初老の人間ばかりである。

このごろは本格的なカメラを手にした人も多い。しだいに顔なじみが多くなり、挨拶を交わすようになってくる。

今のカメラはほとんどがデジカメなので、撮り終わったらすぐに見られる。通りすがりに「どうです、いいでしょう」と蓮の花の露の一滴が光った写真を見せられ、逆に私のＣＤ万葉集を聴かせる時もある。

ある時、百人一首が入ったＣＤを大型高級カメラ旦那に貸した。別の日に公園に行くと、彼が私の顔を見るなり両手をあげて何やら叫んでいる。近づくと「あの和歌のＣＤはいい」と興奮していた。実は本人より、八十八歳になる実の母が気に入ったのだそうだ。ラジカセの前に正座をして、本当に涙を流して聞き惚れていたという。

「高等女学校の頃を思い出す」というのだ。

そんなに喜ぶのならと、次回は「平家物語」を渡す約束をした。脳梗塞で二度倒れ、杖をつかないと歩けないカメラ旦那は、それでもタバコを離さず、「もっと写真を撮らねば」と頑強なことをいう。

万葉集の十枚組CDセットを貸すと、すっかりそちらの世界に溶け込み、撮る写真も万葉の花にしぼるようになった。

茶店で二人して団子を口にしながら、残された将来のことを話した。

憶良が七十歳の老人になり、重い病で床につき、涙を流して詠んだ歌。

士《をのこ》やも　空《むな》しくあるべき　万代《よろづよ》に
語り続《つ》ぐべき　名は立てずして

憶良は最期までいい仕事をして名を後世に残そうという志を捨てなかった。

写真老人と私こと坪庭老人は、次に熱情を傾けるものをさぐっていた。大手自動車会社の営業部長をしていた彼は「ずいぶん荒っぽい金づかいをしてきた。これからは世のため人のために働く。後世に残る写真を撮る」と力強く言った。

だがその言葉を聞いてから、二度と彼の姿を見ることはなく、花菖蒲の季節を迎えてしまった。

私はいまだに杜若《かきつばた》、花菖蒲のちがいが曖昧である。花びらの付け根が白いのは杜若で、花菖蒲は黄色らしいが、実物を前にするとわからなくなってくる。

坪庭のデッキに座り、灯籠のいいものはどこに行けばあるのだろうとぼんやり思案にくれている。来週あたり奈良に行ってみようと思った。

あとがき

山登りは登る前より下山の時のほうが心が満ち足りている。入山する時は手強い険しいルートがないかとあれこれ心配するが、山の帰り道はあいにくの荒れ模様で頂上に立つことができなくても、日頃の毒素が抜けるのか、足取りは軽い。

下山路の切迫した数箇所を通過し、山里に下りて、ホッと安堵の気持ちで山を振り返るのもいいものだ。夕暮れの中に峰々がどっしりと裾野をひろげている。

一緒に登った仲間もただ黙々と歩いている。仕事や人間関係であれやこれやと厭なことが重なっていても、山に入ると、とたんに煩わしい俗事はすっかり遠くに消し去られていく。

時々、これからの仕事に情熱を感じられなくなることがある。あるいはうんざりする自分自身の性格の悪さから逃げ出したくなる。そんな時は一人で隠れるように山に入る。そうすると、帰り道には「なんとかなるさ」と開き直り、あの悩みはなんだったのだろうと呆れるほど楽観的になっているのだ。

峰から峰へと尾根伝いに歩く縦走登山も、気心の知れた連中と行くと楽しさが倍増する。三日、四日と、テントを背に時間を気にせず、山の空気をたくさん吸い、風にあたり、自炊をし、山の歌をうたう。山で思う存分遊んでくると人は本当に明るくなり、生きていることが愉快になってくる。

山の帰り道に欠かせないのは、駅前の食堂である。献立表を見ることはない。ビールにカツ丼、餃子に大盛りの漬物がいつもの決まりである。

食卓の上にひと通り料理が並ぶと、いよいよ酒盛りが始まる。店の主人から地酒などをすすめられると、列車の時間も忘れ、奥の座敷に移動し歌って踊って宴会はたけなわとなる。

山では五感が研ぎ澄まされる。歩き疲れた体には何を食べてもうまい。山では寝ている以外は一日中歩いているので、頭がからっぽになる。

よく通った穂高岳からの帰りには松本駅前の、馴染みの食堂で打ち上げをする。ある春山の帰り、早めの下山で大蔵喜福、内田修《うちだおさむ》、内藤久義といったいつものメンバーと、夕方から夜の八時頃まで酒を飲んでいたことがある。店の主人は徳利を何本も何本も運びながら、「あんたら半端じゃないね。山に酒を飲みに来ているのか」と苦笑していた。

山の帰りに車窓から眺める風景も忘れられない。いくらか高揚した疲労感の中でぼんやりと物思いにふける。冷静に自分自身を見つめることができるのはこんな時だろう。列車の動きに合わせていると、しだいに目蓋が落ちてくる。腕組みをしながら山の風景を断片的に回想している。

二〇二一年六月

沢野ひとし

文庫版あとがき

この十年の間、古くからの知り合いが何人も鬼籍に入った。

とりわけ山を歩き、沢の水を飲み、テントを張って、共に嵐にふるえた山仲間の死は、思い出が深く寂寥《せきりよう》感につつまれる。

生きているかぎり、どんな人にも死は例外なく訪れるが、自分よりもずっと歳下の友が旅立っていくのは無常感が募る。

私が山の絵や原稿を書くきっかけは、山と溪谷社の編集者、三島悟《みしまさとる》の依頼からであった。

はじめて会ったのは、一九八三（昭和五十八）年、三十八年前で、今となっては曖《あい》昧《まい》な記憶しかない。

新宿の居酒屋池林房《ちりんぼう》が「本の雑誌」の溜《た》まり場で、いつも誰かが飲んでいた。三島編集者とはそこで会い、大いに山について語り合った。自分には真面目な通勤をする会社勤めはこれ以上は無理と鬱屈《うつくつ》していた時期であった。酒の勢いもあったが、嬉《うれ》しくて山の取材や原稿の話にすぐに飛びついた。三島との山は、その年の六月の初めに奥穂高《おくほたか》への山行取材からはじまった。上高地《かみこうち》から梓川《あずさがわ》に沿って生えているケショウヤナギの青い若芽が眼にしみ、久しぶりの涸沢《からさわ》への山道に思わず「山はいいなあ」と心の中でつぶやいていた。汗をかくことは悩みを吹き飛ばす。歩くことは思考を高める。腕を組み、地面を見つめ、ひたすら山道を登り、奥穂高の頂上に立った時、三島悟もガイド役の若いカメラマン岡田昇《おかだのぼる》も笑顔がまぶしかった。自分もそうだったであろう。

この穂高への登山がきっかけになったかどうかは判断できないが、その年の暮れに十五年勤めた児童出版社を退社した。三十代の終わりであった。

三島悟はヒゲをたくわえ野武士のような風貌《ふうぼう》をしていた。「オレは山ヤじゃないよ」が口癖で、山より川、海と水っぽいところを好んでいた。

すべてが原稿の取材ではないが、彼と行った山は数えきれない。北は大雪《たいせつ》トムラウシ山、羅臼岳《らうすだけ》、花の飯豊山《いいでさん》、大朝日岳《おおあさひだけ》、秋の安達太良山《あだたらやま》、雨飾山《あまかざりやま》、南は屋久島《やくしま》の宮之《みやの》浦《うら》――。さらに八丈島《はちじょうじま》、小笠原《おがさわら》、石垣島《いしがきじま》と海にも潜ってきた。八〇年、九〇年代はまだ取材費が豊富にあったのか、海外の山にも何度も行った。

アフリカのキリマンジャロの登頂、ニュージーランドのマウントクックの山旅、さらにバリ島アグン山（三〇一四メートル　※諸説あり）の登頂と、どこも二週間の贅沢《ぜいたく》三《ざん》昧《まい》の旅であった。

どんな山旅をしていても三島とは一度も気まずい雰囲気や言い争いはなかった。彼の物にこだわらない寛容な気持ちが大きかった。

やがて山と溪谷社を五十代で早期退職した三島は、地元の東村山《ひがしむらやま》でカレー屋を営み、自然保護を目的に「北川かっぱの会」を創設して、色々と活動に取り組んだ。

私を再び山の世界に引き込んでくれたその恩人三島悟は、今年二〇二一年三月に肺癌で七十二歳で亡くなってしまった。温暖な南伊豆《みなみいず》に引っ越して、「海で遊ぶぞ」というこれからの時であった。

現在の長寿社会にあって早すぎる生涯といえる。幾度となく南伊豆の彼の家を訪ねてグラスを重ねていたので、本当にしみじみと淋《さび》しさが募るお別れであった。

三島悟を通して多くの山の男たちと会ってきたが、山岳写真家の岡田昇の穂高での遭難も言葉につまる。

私が仕事をしていた初期の山や旅の雑誌のカメラマンはほとんど岡田であった。

彼は私より約十歳下でロッククライミングに長《た》けていて、体力や山での実力は抜群。家も近いせいか公私混同に街や山でとつるんでいた。八〇年代の半ばには取材とは関係なく毎月のように岡田昇と山に行っていた。穂高岳の滝谷《たきたに》、冬の赤岳《あかだけ》主稜、穂高屏風岩《びょうぶいわ》とロープを結び、共に息をついた思い出は忘れられない。

　飾り気のない朴訥《ぼくとつ》な性格で一直線な男だった。山での取材や撮影から、自己の作品集を作りたいと燃えはじめた時には、知り合いの編集者と本の造り方で何度もぶつかっていた。くりくりした眼をした童顔だったが、山の写真については強情張りで、妥協はしなかった。

　その岡田昇が二〇〇二年の冬の穂高で消息を絶った時、山仲間は「雪洞にいるでしょう」「クマより強い男」と楽観していたが、奥穂高の近くのチビ谷で彼の青いシュラフや小物が点々と発見された時、遭難は確実となった。

　そして五月の連休に、岡田を慕う多くの仲間が集まり、最後の捜索が行われ、岡田昇の冥福《めいふく》を祈った。

　その時に、同じ山岳カメラマンの武藤昭《むとうあきら》、穂高岳山荘支配人、兼映像カメラマンの宮田《みやた》八郎《はちろう》も参加していた。

武藤カメラマンは岡田の兄貴分のような人で、岩場の撮影に岡田を補助としてよく連れていた。穂高の岩場の全ルートを撮った『穂高岳の岩場』（山と溪谷社、一九七九年）は、画期的なルート写真であった。私は憧《あこが》れの岩場だけに食い入るように見ていた。その時の撮影から岡田は武藤昭との交流を深めていった。

ハンサムで山でもおしゃれで飄々《ひょうひょう》としていた彼も、二年前に享年七十八で肺癌で亡くなってしまった。

一方、穂高に魅せられ穂高岳山荘で働いていた宮田八郎は二〇一八年四月に伊豆《いず》の海で帰らぬ人となった。穂高での遭難のたびに現場に駆け付け、多くの人を助けた通称「八っちゃん」が、シーカヤックの事故で亡くなったと知った時、多くの山仲間は本当に愕然《がくぜん》としていた。

山や海、自然はひとたび荒れると簡単に人を飲み込んでしまい、あっけなく死に追いやる。

ここ十年は低山ばかりで、高い山は息子と登った二〇一一年の奥穂高ぐらいであった。夏の終わりの山は静まり返っていた。重い荷物をすべて息子のザックに押し込み、涸沢岳に行くと、岡田昇が消えたチビ谷が見える。谷に向いて二人で手を合わせ、岩の上に日本酒の小さなビンを捧《ささ》げた。

この十数年、息子は休日になると岩登りに出かけていく。

「山に油断するなよ」と言うと「ああ」と短い返事が返ってくるだけであった。

北穂高から涸沢岳を越えた縦走路は穂高で一級の道の悪さである。もろく崩れやすい岩峰を身をそらして乗り越えなくてはならず、初心者は怯《おび》えて立ち往生することが多い。故にここでは繰り返し事故が起きている。

「ああいった下が切れている岩稜帯は、リーダーがロープを結んであげなくてはいけない」

と息子に言う横を、登山者がひきつった顔をして通過していく。

私がさらに山での事故が下山路に多いことを話すと「お父さんよりオレの方が良くわかっている」と言い反発するような顔をした。

息子はすでに四十歳近くになっていた。振り返るとその歳から私は山を再開したのだった。

「山では気を抜くなよ」と午後の陽を浴びた北穂高岳を眺めていると、

「北尾根にはまだあんなに残雪がある」と息子は膝《ひざ》をかかえて涸沢カールの大展望をじっと見つめていた。十代の頃から息子と山に来ていたので亡くなった友人のこともよく知っている。その姿を見て、私は息子といつまでこうして山に来られるかをしばらく考えた。

穂高からの帰り道、つくづく「歳月人を待たず」を実感する。いつかまた行こうと思っていた山も人の都合などお構いなしにどんどん遠ざかっていく。ダケカンバの坂道を息子は走るように下って、いつの間にか姿が見えなくなっていた。

沢野　ひとし

二〇二一年七月　長野・川上村にて

解説

文筆家・イラストレーター　金井真紀

冬の終わり、沢野さんからＬＩＮＥメッセージが届いた。

「ヤダー」

その3文字のあまりの破壊力に、わたしはスマートフォンを取り落としそうになった。

沢野さんとＬＩＮＥ友だちになったのは、昨年秋のこと。ある日突然、連絡がきて仰天した。わたしは三十五年前から「本の雑誌」を愛読し、沢野ひとし絵と沢野ひとし文に親しんできた。個人的にメッセージをやりとりする日がくるなんて夢のよう。かつて「本の雑誌」を回し読みしていた母と弟にもすぐ報告し、すごいすごいと大騒ぎになった。以来、ＬＩＮＥの往来が続いている。

沢野さんは働き者だ。朝四時に起きて絵を描くらしい。描きあがった絵を写真に撮って、ＬＩＮＥで送ってくれることが多い。わたしもおずおずと自分の絵を送り返す。「金井さんの絵は素直でいいな」というメッセージが届くと、こちらも「沢野さんが描くキツネ、好きです」なんてお返事する。どうですか、この関係。蜜月《みつげつ》と言っていいでしょう。

その日は「ぬばたまの夜にスイセンの香り」と沢野LINEが届き、「日脚が伸びて、来週は立春ですね」とわたしは返信した。なんだか和歌をやりとりする平安貴族みたいじゃないか。知り合ってから季節はふたつ過ぎようとしていた。立春の話題に続けて、まさに満を持して、わたしは送った。

「春になったらお会いしたいです」

そしたら、あの返信が来たのだ。

「ヤダー」

ぶははは、なんだその返し。脱力していると、だめ押しがきた。

「ヤダー会わない！　あのね！　オレは忙しいの。金井真紀には会いません！」

なんだよ、「！」使いすぎだよ。

＊　＊　＊

沢野ひとしの本を読むと、にんげんは複雑な生き物だったことを思い出す。のびのびしていて偏屈で。やりたい放題なのにストイック。達観しているくせに涙もろい。無垢《むく》でしたたか。人の心には、いろんな要素がいろんな配合で収まっている。

そこを行ったり来たりする足取りを、丁寧に、ユーモラスに綴《つづ》っていくのが沢野ブンガクだ。たとえばこんなふうに。

年末から年明けにかけて、本屋や文房具店の店頭には手帳が山のように積まれ、新たな夢をもった人々を待ちうけている。新しい手帳を手にすると、「今年こそがんばるぞ」「ワーッ、九月は五連休かよ」などと新鮮な興奮がブルブルと体を包む。新しい手帳には未知なる期待と汚れを知らない山の空気のような濃い酸素が詰まっている。

だが目眩がするほど多種多様な手帳を前にすると混乱し、とたんに消極的になり「まあいつものヤツにするか」と敗北したボクサーのごとく両手をだらりと下げる。毎日のように開くものなのだからじっくり慎重に選べばいいのに、結局はいつもの無難な黒の手帳を手に背中を丸めて帰途につく。（「山の手帳」より）

あぁ、隅から隅まで味わい深い。

端から見たら、手帳売り場にひとりのおじさんがやってきて平凡な手帳を選び、淡々と購入し淡々と帰っていく、それだけの風景だ。とくにおもしろいこともないような顔つきで通り過ぎるおじさんの心が、これほど弾んだりしぼんだりしていることを誰も知らない。人はみな、中学生の心を持っている。いくつになってもはしゃいだり、ビビッたり、自意識過剰になったりして生きている。沢野の文と絵は、日頃は大人の顔で隠している心の奥の柔らかいところをつつく。

あとふたつ、大好きな箇所を引く。

七輪の時は、あえてステテコにはきかえる。身だしなみをきちんとしなくては七輪や土鍋に申し訳ない。(「土鍋と七輪」より)

私の好きな鍋は自分で名づけた「みぞれ鍋」だ。一人前に大根四分の一を皮ごと粗くおろし、土鍋に酒と一緒に入れ、あとはタラ、長ネギの白いところ、豆腐と静かに食べていく。鍋の中には常に一種類の白いものが入れられる。ここも決してごった煮にしない。全体に「白」で統一していくところに知性を感じる。(中略)血液をサラサラにするためにニラも入れたいが、緑なので我慢する。だがレタスは許す。(「冬のみぞれ鍋」より)

君知るや、ステテコおじさんの心意気を。今日は七輪でなにか炙《あぶ》って食べてみようと思いつき、まずはステテコに穿《は》き替える。そうしたごく小さなルンルンを沢野は丁寧にすくっていく。鍋の具材を白で統一することを「知性」と呼んで、自分の言葉選びにほんの一瞬ニヤリとするんだろう。だがレタスは許す。あー、いいなぁ。

沢野ひとしの心の奥行きを広げたのは、山と絵だろう。

沢野は山好きだった兄の影響を受けて、小中学生の頃から奥多摩や丹沢に登った。この「兄」は勉強ができて面倒見がよく、山ではいつも頼もしい。沢野のエッセイに繰り返し描かれるおなじみの存在だ（ちなみに本書にも兄について書かれた項があるが、その筆致は兄貴を無邪気に慕ういつものテイストではない。この本の大事な読みどころなので、未読の方のためにこれ以上は触れない）。

登山の経験がないわたしは、長らく山男を勘違いしていた。おにぎりに虫が止まったら虫ごとパクッと食べちゃうような、パンツが汚れたら裏返して穿けばオッケーというような、豪快な無頼派だと。ところが沢野ひとし著『人生のことはすべて山に学んだ』（角川文庫）を読んで、自分の理解が著しく間違っていたことを思い知った。山登りは事故や遭難と隣り合わせの遊びであり、それが楽しめるのは周到で緻《ち》密《みつ》で几《き》帳面《ちょうめん》なタイプなのだ。街では酔ってぐずぐずになるらしい沢野も、山へ行くときはいい加減なところ、妥協の姿勢がまったくない。

近著『ジジイの片づけ』（集英社クリエイティブ）を読んで、沢野が自制の人であることはさらに明確になった。掃除の労を厭《いと》わず、つねにデスクの上やカバンの中を整《せい》頓《とん》し、見晴らしよく生きる。情の領域と理の領域のバランスがいいのは、やっぱり山のせいだと思う。そうして、絵のせいだ。絵描きならではの観察眼で自分の内側と外側をじーっと見てきた。それが結実したのが沢野ブンガク。分析すると、そういうことになる。

＊　＊　＊

なーんてもっともらしく書いたけど、これはすべて想像だ。だってわたしは沢野さんにお会いしたことがないのだ。なんたって「ヤダー」と言われた身。蜜月のLINEを交わしておきながら、会いたくないと言い張る。にんげんは、沢野さんは、まことに複雑な生き物だ。

だけど「ヤダー会わない！」を送られたわたしは即座に返信したもんね。「ヤダー会う!!」って。いつか絶対に会うんだもんね。

本書は、二〇一一年七月に本の雑誌社より刊行された単行本を加筆修正のうえ、文庫化したものです。

山《やま》の帰《かえ》り道《みち》

沢《さわ》野《の》ひとし

令和3年 7月25日　初版発行
令和6年 11月25日　4版発行

発行者●山下直久

発行●株式会社KADOKAWA
〒102-8177　東京都千代田区富士見2-13-3
電話　0570-002-301（ナビダイヤル）

角川文庫 22741

印刷所●株式会社KADOKAWA
製本所●株式会社KADOKAWA

表紙画●和田三造

●お問い合わせ
https://www.kadokawa.co.jp/（「お問い合わせ」へお進みください）
※内容によっては、お答えできない場合があります。
※サポートは日本国内のみとさせていただきます。
※Japanese text only

ISBN 978-4-04-111321-9　C0195